芭 蕾

阿根廷探戈

蒙古舞

踢踏舞

爵士舞

毛利人战舞

牛仔舞

印度舞

YU AI,
YU WU

欲爱，欲舞

凤二娘
FENG-
ER NIANG
著

北京联合出版公司
Beijing United Publishing Co.,Ltd.

图书在版编目（CIP）数据

欲爱，欲舞 / 凤二娘著. -- 北京：北京联合出版公司，2017.3（2024.1 重印）

ISBN 978-7-5502-9804-0

Ⅰ.①欲… Ⅱ.①凤… Ⅲ.①随笔—作品集—中国—当代 Ⅳ.①I267.1

中国版本图书馆CIP数据核字(2017)第031460号

欲爱，欲舞

作　　者：凤二娘
出版统筹：朱文平
责任编辑：李　红　夏应鹏
特约编辑：黄梦梦
特约监制：徐均成
封面设计：A BOOK STUDIO 不绿不蓝Design 891380906

北京联合出版公司出版
（北京市西城区德外大街83号楼9层　100088）
印刷：三河市金泰源印务有限公司　经销：新华书店
字数：137千字　开本：900×1280　1/32　印张：6.75
2017年3月第1版　2024年1月第3次印刷
ISBN 978-7-5502-9804-0
定价：35.00元

未经许可，不得以任何方式复制或抄袭本书部分或全部内容
版权所有，违者必究
本书若有质量问题，请与本公司图书销售中心联系调换。电话：010-87728748

目录

午夜的布宜诺斯艾利斯 |
001　阿根廷探戈

三分钟内爱情发生，三分钟后爱上自己 |
011　萨尔萨舞——Salsa

越禁忌，越诱惑 |
021　埃及肚皮舞

优雅到像芭蕾 |
031　芭蕾：芳婷和努里耶夫

暧昧灼伤 |
043　巴恰塔舞——Bachata

Body On Me |
053　爵士舞——New Jazz

大都会无野兽 |
061　蒙古舞

热烈的，禁欲的 |
073　踢踏舞

霸道总裁是"神经病" |
081　毛利人战舞

| **熊熊燃烧的孤独**
弗拉门戈舞 089

| **爱情是颗慢镜头下的子弹**
伦巴舞——Rumba 099

| **看我；别看我**
中国古典舞 109

| **身体里的火树银花**
恰恰舞——Cha-Cha-Cha 121

| **里约热内卢从不忧伤**
桑巴舞——Samba 133

| **身体先爱上，心才爱上**
牛仔舞——Jive 143

| **一生也不过一首曲子的时间**
华尔兹——Waltz 151

| **最无力是陷入哪种生活？**
狐步舞——Fox-trot 161

| **看到了吗？这里是我的灵魂**
现代舞 171

| **神的孩子才跳舞**
印度舞 185

| **一辈子有多快**
从迪斯科到广场舞 193

午夜的
布宜诺斯艾利斯

阿根廷探戈

电影《瓦伦蒂娜的探戈》里，瓦伦蒂娜对男友说："我知道，你跳舞就能到高潮。"

印象中，在表达男女性情的舞蹈里，没有哪种舞能像探戈那样被人们赋予那么多或浓或浅的暗示意义。在使人肾上腺素激增这方面，阿根廷探戈并不比阿根廷足球逊色。

这一定是和探戈性格鲜明的音乐有关。探戈舞的伴奏音乐为2/4拍，伴随着舞者每一个动作的展示和定格，人们感受到了强烈的顿挫感。等到在实际演奏时，又将每个四分音符化为两个八分音符，形成了感染力极强的断奏式演奏，听见这独特的切分音，就知道是阿根廷探戈了。

音乐响起，探戈舞者长长地伸出腿去，利落地勾腿回来，旋转出去又瞬间回到舞伴身体旁边，再加上一个慢动作的延展。一男一女两个探戈舞者冰冷若千年雪山的目光下掩藏着一触即发的火焰，他们在每一个进退中试探，在每一次靠近中挑衅，再大的动作也不会让他们的头发有丝毫的凌乱。他们一个笑容都不会给你，除了荡起的裙摆、飞起一角又被压下的裤脚，他们工整干净到令人窒息。他们不和观者交流，所有观看的人都屏息等待那一刻——爆发的那一刻、失控的那一刻的到来,却没有,观看的人被深深吸引到他们的剧情里,眼神泛滥出欣赏,表情流露出夸张的赞叹。

这是饱含着激情、冷峻、掌控、束缚、挣扎、对抗的舞蹈。男人和女人的问题,都被舞者在每一个动作、每一次对视中一一问出,又一一回答。

小家碧玉、缠绵软糯的女性形象早已不流行了,大踏步走在时代躯体上的,是高跟鞋铮铮作响、红唇紧闭、下巴高抬的女王。萝莉常喜欢大叔,大叔会觊觎御姐,御姐爱逗弄正太,正太都渴望女王。女王会宠幸谁?难讲。也许她只会喜欢和自己一样的女王。你看不出她是忧伤还是快乐,你也不知道她在想什么。逼她到墙角会被推开,强吻下去会被甩耳光,放弃、后退她会跟来吗?当然不,那样只能说明你不是她的对手。

对手,对池羽来说太重要了。

周身散发的气场像孙悟空用金箍棒给唐僧画的圈子一样,让她方圆十米内都散发着"leave me alone"(不要打扰我)的气息。当初第一次陪玉姐去散心,就遇到金陵城夜店四少之一的Danny Sun,对方的外形自然是风流倜傥、玉树临风,整个晚上对玉姐都如绅士般体贴,啧啧,真是一枚称职的暖男啊。

Danny Sun偶尔的试探撩拨,池羽不是没有catch(感觉)到,碍于玉姐在,不便拉下脸,只好垂下眼皮,盖住眼底一抹淡淡的嘲讽。

翌日即接到Sun的电话,邀请喝下午茶。池羽笑得毫不掩饰:

"没想到现在的社会还有你这么闲的人。"说一个年轻的男人闲,约等于说他"没用"。Sun没有反唇相讥,也算是好气量了。

电影《闻香识女人》里,阿尔·帕西诺扮演的盲眼军人要带阳光穷少年见识这个世界,故事后半段阿尔·帕西诺带着年轻女孩在舞池里跳的那支舞,带着看透了生活之后的讥讽之感,每一个舞步都同时包含着激情与痛苦——不管那女孩和那少年看懂了没有。

阿根廷探戈是这样的,它不屑解释,挂着一张冷峻的脸,每一个回头都坚定又倔强。

这实在是一种充满力与美而又带有性暗示的舞蹈。

19世纪80年代,布宜诺斯艾利斯是一个繁华的城市,铁路延伸到这个城市的海港,各种货船进进出出(至今我国赴阿根廷的货轮仍在这个港口停泊),构成了阿根廷进出口贸易的重要关口。大批移民从非洲或欧洲涌入这里,于是,众多的咖啡馆、夜总会、酒吧等应运而生。

那时候,每当夜幕降临,人们就相聚在贫民区的小酒店。非洲人跳起节奏强烈的"康敦贝"(Camdombe)舞,有研究者考证,"探戈"(Tango)这个词就是黑人跳"康敦贝"舞敲的"探探"(Tantan)鼓的鼓声的谐音,热内亚人奏起意大利优美抒情的小夜曲,高乔人带来了阿根廷民间舞曲"米隆加"(Milonga),再加上古巴曲调明快的"哈巴涅拉"(Habanera)舞曲。随着时间的推移,这些舞曲逐步融合在一起,形成别具一格的探戈舞曲。就这样,探戈舞曲从这些水手、工人、流浪者、失业者、民间歌手和舞女中产生了。

在布宜诺斯艾利斯的夜晚，移民们把寂寞和乡愁寄托在探戈的舞步中。有人说，探戈是在布宜诺斯艾利斯的妓院里诞生的，所以那舞步中才饱含着激情、色欲和哀伤。

曾经有固执的人坚持说，阿根廷探戈只能由南美洲的意大利和西班牙的后裔来表演，因为他们高大而俊朗，只有他们才跳得出那种劲敌相遇而又惺惺相惜的感觉，只有他们才能在纠缠的舞步中展现情感的角力，只有他们才能一把拥舞伴入怀，女舞者在开衩的舞裙下面伸出长腿，用鞋底叩击着百年的孤寂。

池羽不是厌恶男性，她只是讨厌哺乳动物在某些时刻流露出来的下作，不像植物，那样静默安然，干净到依靠光合作用就可生长、开花、结果，连汁液的味道都是一片清芬。

完成了加班，池羽反而精神起来，在安静的办公大楼中，她端着一杯柠檬水，透过宽大的玻璃窗看对面大楼里的舞蹈教室，那儿有一位老师站得修长笔直，在指导一群学生跳铿锵的阿根廷探戈。池羽在不知不觉中举臂模仿。外面的光线逐渐暗下去，夜晚的气息从地底下漫出，林立的办公楼之间的蓬勃之气已到荼蘼，夜的羽毛疲软地盖在城市的上空，令人在一片糜烂的浓黑和星星点点的明亮之间酥软。

玉姐打来电话约她去喝几杯，她知道玉姐是又要准备买醉了。自从有一次她骑虎难下，而玉姐适时地帮她说了关键性的一句话解救了她之后，她就心甘情愿在玉姐需要的时候挺身而出了。女人之间的义气同样值得付出所有去维护和信赖。何况玉姐本就是她崇拜的人，智力和才华同样令人钦佩，格调和品位从来不让人失望。

没料到Danny Sun也在，难得的一身休闲衣裤。深夜里，他在忧伤的人面前走阳光路线，也是贴心的一种表现。

玉姐一身红色如燃烧的火焰，池羽突然想起办公大楼对面舞蹈教室里的那位跳阿根廷探戈的老师。她知道玉姐越是装扮艳丽，内心越是忧郁成更加浓重的黑色。玉姐起身要去卫生间。池羽想站起来，玉姐却已经把手搭上了Danny Sun的手臂。池羽何等敏感，立即知道了Sun的魅力之大——原来已经蔓延至此了。夜店四少绝非浪得虚名。

探戈舞者头颅高昂，舞步华丽、热烈、狂放却又高雅。交叉步、踢腿、跳跃、旋转，一男一女的身姿往复令人眼花缭乱。勾颈、握持、对视、胸部紧贴、鼻尖相对，却并没有为对方真正打开自己，他们互相吸引，又彼此为敌，正如电影《春光乍泄》里的黎耀辉和何宝荣。在布宜诺斯艾利斯那间狭小逼仄的厨房里，二人趟着醉人的探戈舞曲双双起舞，是的，除了阿根廷探戈，没有其他任何一种方式能够表达他们内心深深的绝望与深深的爱恋。

而在电影《小时代》里，顾里为展现她的坚强、冰冷、超出常人的高傲和不屈服，也要靠和顾源跳一段阿根廷探戈来强化。想来也是，如果必须要跳舞，一个定位为"女王"的人和与之相匹配的情感对手能选择的舞种，舍阿根廷探戈其谁呢？

Sun的再次邀约,恰逢池羽完成了一段工作。两人落座,池羽疑惑为什么玉姐不在,Sun半是自嘲地笑了一下:"你当玉姐有多少感情在我这里啊?"他是开朗的人,池羽见他并不介怀,也笑了:"玉姐那样挑剔的人能看上你,也算你有本事。"她没有夸张。Sun亦没有回答。

对女人来说,重要的不是拥有过谁,而是拥有的那个人曾经被谁拥有过。以池羽对玉姐的欣赏,Sun来撩拨的时候,其实只需要说:"我曾经和玉姐在一起。"杀伤力就足够了,哪怕他和玉姐在一起的时间只有几小时。

所以,吻住就自然而然了,倒下同样自然。池羽的放松程度超过了Sun的想象,这是美妙的重要条件。Sun显然享受到了畅快的愉悦,这种愉悦在他和池羽之间散播开来。

但Sun情不自禁地摊手挑眉,池羽知道他不解,她坏了Sun的节奏,一开始时太慢太温吞,现在又太快太随意。男人容易对超出了他控制范围的事情感到困惑。这样的表情在英俊的脸上有别样的可爱,池羽决定稍加解释:"我并不觉得这样是一件多么了不得的事情,只是我不会随便和哪个人都这样。"这话像是对Sun的夸奖,可是莫名地让他不爽。

这件事情没有后续,大家都觉得很自然,一夜之后再不谈情嘛,是Danny Sun的作风。只有他自己知道,他感受到了从未有过的挑衅、吸引,还有别扭。他所能做的就是暗暗告诉自己,再也不要靠近玉姐和她身边的女人。

　　动作片《史密斯夫妇》里，夫妻都不知道对方的真实身份，舞蹈让打斗、枪击的场面调和进去些许柔软和浪漫。而这样的情节，要展现夫妻之间的对抗，自然还是要选择阿根廷探戈。

　　特别值得一提的是，影片《真实的谎言》里，夫妇二人共舞所用的探戈舞曲，也正是《辛德勒的名单》《闻香识女人》里探戈舞出现时所用的曲子。这首曲子是阿根廷探戈舞曲无冕之王卡洛斯·加德尔（Carlos Gardel）的作品《Por Una Cabeza》（《一步之遥》）。

　　在阿根廷探戈从一度式微到再次勃兴的路上，伟大的音乐家们做出了巨大的贡献。除了上文提到的才貌双全、倾倒万千妇女的卡洛斯·加德尔，还有弗兰克·扎帕（Frank Vincent Zappa），王家卫对他深深着迷，在《春光乍泄》里多次用他的音乐来渲染布宜诺斯艾利斯的氛围（"Frank Zappa，怎么我们今时今日才得以相遇呢？"——王家卫），以及阿斯托尔·皮亚佐拉（Astor Piazzolla），都为探戈音乐做出了极大的贡献，而他们的音乐作品，不需多说，自然是沁人心脾的。如果有兴趣，可以找来一听，相信不会令您失望。

　　阿根廷探戈不仅仅是舞蹈艺术，还是上流社会优雅的色情面具，是下层社会锋利的欲望释放。这一切都从男人的黑色西服里渗透出来，也在女人孤傲冷艳的眉梢眼角缭绕不散。

　　说起来，体育舞蹈比赛的国际标准舞中也有探戈一项，虽然都是探戈，但是两者差别其实很大。私以为，还是阿根廷探戈更有味道。

国际标准舞中的探戈，因为是竞技的原因，两位舞者不再互视、诱惑、挑逗对方，取而代之的头部的扭转（headfan），大大降低了阿根廷探戈诱惑、忧郁、挑逗的魅力，使舞蹈变成舞池中的华丽游行。

一张单子搞定，同事约了出去庆祝，有人说要带帅哥过来，见了，却是好久不见的Danny Sun。对方显然早就知道她在，嘴角意味深长地一翘，像是掌握了什么的表情，令池羽有些紧张。她不希望Sun和她的公共生活有任何的交集。他应该是隐秘的、属于黑夜的、天亮就消失的。Sun却还是玩味地看着她，似乎在观察她的反应。旁边的女生叽叽喳喳，男生阵阵大笑，她盯着Sun的眼睛，对方也在盯着她，眼睛里内容丰富，她渐渐有些怕了——却也带着几分兴奋，Danny Sun绝不是她之前所判断的那样肤浅。

之后会发生些什么？我们并不在乎，好的舞伴终于相认了，我们只需要坐下来欣赏精彩的舞蹈就好。

午夜将至时，若激情仍未平复，就跳一曲阿根廷探戈吧，在与对方身体的分与合中，感受那种销魂入骨。把自己置身于布宜诺斯艾利斯，让燃烧的情感化作每一次托举、每一次旋转，也让冰冷深邃的目光隔开你不想属于的那个人。

这是对你的兴趣诠释得刚刚好的舞蹈，你的精神世界依然可以保存完好，只属于你自己，而在身体上，与匹配的对手相互缠绕，相互引诱，在每一次力量的抛掷与承接的间隙，步步生艳。

三分钟内爱情发生,三分钟后爱上自己

萨尔萨舞——Salsa

萨尔萨舞——Salsa

三分钟内爱情发生，三分钟后爱上自己

交谊舞最难控制的是二人之间的距离、推拉的力度、情挑与尊重之间的尺度。

话说，有种风情万种的交谊舞倒是既能展现女人的灵敏与性感，又能炫耀男人的力量和闷骚；既具备社交舞共有的易入门、好上手的特点，又毫不古板过时——相反，它看起来永远都那么时髦和有都市感。

这种舞蹈搭配饱含拉美风情的轻松欢快的音乐，令人听见那鼓点就会想起紧实上翘的臀部及光滑丰腴的大腿。

舞者永远露齿绽笑，炽热的目光在你进我退之间闪烁。

它适合什么样的人？

我的朋友大H，长着一张"本田"的脸——不，不是说她脸多么宽，她的脸并不宽，反倒是有日式的水汪汪的大眼和水润丰唇，当年与恋人伍月明俊男美女，你侬我侬。忽有一日肿着脸约我出来，专门找了个地方放声大哭，满桌子的饭菜茶水默默听着，默默变凉。末了她告诉我，伍月明有了新小情人。新小情人其实我们都认识，小巧精致，四肢白瘦，因为也姓H，江湖人称小H，一张脸和"现代"似

的——不好说有多么实用,但是性价比高,且追求的就是外观。

伍月明当然有他的诸般好处,且不说是高富帅的典型代表,据说连卧房运动也时常能搅和得云蒸霞蔚,那效果,简直是蓝田日暖玉生烟。但是,不管过去如何,转投小H怀抱的伍月明,比起让大H失去了一个绝佳的交往对象,更令她无法忍受的是没了面子。小H随便在微博里写点什么都像是在炫耀,偏偏大H忍不住还要去关注她。大H火大得能烤生蚝,最最想要的不是别的,就是马上、立刻能产生效果的报复。

这其中,效果最明显的无非是有一个更优于伍月明的男人追(至少外表看起来),普通男人也可以,但要多多益善,以量取胜。

大H也不是不伤心的,心塞地哭泣到最后悲伤都哽在喉咙的她,需要发泄、排毒、养颜……

她去夜店的行径被我坚决地拦住了,且不说那地方找情郎也许高效,但是质量想必不会多好。更重要的是,你当你还是十八岁的妹子吗?任性甚至撒泼都有人接着?现在做点什么都要给自己找台阶下,自己把控不住的事儿少做,谁要跟你说"毫无目的地去一次远方"都请先啐他一脸。

可是大H需要发泄、排毒、养颜……

健康的方式如跑步运动她不爱,不健康的方式不能碰。

我灵机一动,拉她直奔某萨尔萨舞(Salsa)会所。

说起来,古巴真是个神奇的国度,这个加勒比海岛国家,在电影《情迷哈瓦那》里被描绘成一个处处有人踏着鼓点晃动身体的国度。艳阳、海水、香烟，还有肌肤泛着耀眼光泽的男男女女，让人的心情不由自主就轻快起来。在"古巴颂"的音乐鼓点中，没有人能忧郁下去。

那些伴奏的乐器，无论是鼓、低音提琴还是牛铃，都是节奏强烈而奔放，简陋的乐器勾勒出拉丁美洲民间风情，身体里蕴含的能量会不知不觉随之流淌出来。这就是生命，这才是生命。

萨尔萨舞即被认为发源于古巴。

为什么叫Salsa？原本，Salsa在西班牙文里指一种带有辛辣味的番茄酱汁，这种刺激的酱汁，拉丁美洲人特别喜欢。

1933年——记住这对萨尔萨舞蹈音乐来说具有历史性的一年吧，艺术家也能创造历史呢！——某一天，古巴作曲家毕涅里欧（Ignacio Pinero）因吃了少了古巴风格的辣味的食物，一时暴躁不爽，提笔写下一首名为《加一点酱吧！》（*Echale Salsita*）的歌，于是乎，"salsa"在拉美乐坛、舞坛上的新纪元就此开始了——salsa酱的辛辣成了人们形容"热情"的口语。嗯，就是这么简单！

20世纪30年代，古巴与美国关系密切，很多美国观光客及投资商涌入古巴。古巴首都哈瓦那的酒吧、夜店为当时上流社会的交谊场所，结合多种元素的萨尔萨舞应运而生，并借此推向美国及全美洲。

20世纪70年代，许多古巴艺人流亡至美国，更将古巴歌谣及拉丁节奏散播到全世界，纽约可以说是拉丁音乐及舞蹈的大熔炉。（纽约又不是哪种音乐及舞蹈的大熔炉了？）到了90年代，随着古巴的开放，欧美的音乐制作人、唱片公司纷纷来到古巴寻宝，重温古巴音乐的黄金年代，萨尔萨舞再度耀眼于世界乐坛、舞坛之上。

每八拍踏六步的萨尔萨舞，腰部和胯部的扭动是极大的特色，舞步主要是平行移动，动作的产生由舞者之间的推拉、给力、受力而成。

狮子座会看到萨尔萨舞中引导者与跟随者之间的关系；

巨蟹座会看出舞伴之间的依存；

白羊座看到激情；

双子座看到自由率性；

天秤座看到进退间的平衡；

摩羯座看到脚步纷繁，旋转、换位频现；

水瓶座引经据典从古巴风格、波多黎各风格一直说到纽约风格（可还是跟没说一样）；

双鱼座被舞动时柔且魅的线条感动了；

射手座觉得这舞蹈花哨且容易上手、符合社交需求；

天蝎座肾上腺素分泌激烈；

金牛座发现这舞蹈的站位总体来说也无非是开式位和闭式位；

处女座从音乐中听出了非洲鼓点、西班牙乡村民歌、圣地亚哥民间风、法国乡村音乐、纽约爵士风，然后开始探讨历史上这些国家之间的纠葛……

萨尔萨舞属于风情拉丁，并没有强烈的表演和竞技功能，它的功用除了"做人嘛，最重要是开心"外，最主要的就是交谊了。而跳这种舞的舞伴之间的距离，在我看来，符合"近则不逊，远则怨"的要求，实在是刚刚好。

我的朋友大H，在这么短的时间里想发泄、排毒、养颜……跳萨尔萨舞，是最好不过的了。

会所里男男女女的衣着看似随意，实则热辣。看到有新人到来，一个着低背T恤、牛仔短裤的女孩踏着柔软而敏捷的舞步走过来，她在走动时也调皮却性感地舞动着，像一道炫目的阳光一般随着音乐摇摆。大H倒是不惧这个，装作撩头发趁机往下扯衣服露出一侧肩膀，摆出挑战的姿态，对方却很友善地冲她微笑，自我介绍说是这里的老师。在这个刷脸有时候比刷卡还有效的世界，似大H这般姿色，很快就融入了集体。

——迈腿，移重心，并脚，空拍。

——后退，移重心，并脚，空拍。膝盖弯曲，臀部下沉。

大H如鱼得水，如水得缸，趁旋转空隙冲我飞一个媚眼表示so easy（很容易）。

看她脸色稍霁、眉间放晴，我并不会没眼色地把功劳大包大揽到自己身上，最重要的，怕是女老师配了一位技术娴熟又腿长臀翘的男舞伴给她。当然最根本的，还是萨尔萨的功劳。

萨尔萨舞节奏强烈，所以拍子容易捕捉，更方便释放情绪。音乐浪漫热情，加上自由随意的舞蹈特点，晃动身体的舞者只要不是木头人，就都会慢慢愉快和放松起来吧！

我们的圈子不大，大H重整旗鼓热衷萨尔萨的消息，想必伍月明和小H很快就会得知。

萨尔萨这种舞蹈讲究男女舞者的配合与默契，在周围人眼里，正在跳萨尔萨舞的男女仿佛正沐浴在爱河里。一段舞曲一般在三分钟左右，所以有人把萨尔萨舞称为"三分钟催生爱情的魔法舞蹈"。想必大H很快会和某位肌肉线条优美的男生坠入爱河吧。

大H重新骄傲起来了，她放话说，只是去互相耍心机地泡与被泡、兼被音乐震聋耳朵的夜店消磨时间是很低俗的事情，享受风趣热情的生活才是高品格的体现。

她更频繁地去萨尔萨舞会所。

妆容打扮越来越拉丁范儿。

并在朋友圈贴出了她颇具拉美风情的舞蹈照片。

比起看见朋友整日低气压的面貌，我自然是更乐于看见她嚣张昂扬的样子。

——等等！我却突然想起，伍月明曾经在微醺时说，在他看来，拉美女人在外形上是最完美的，从线条到肤质，从气息到五官……

所以大H并没有放下伍月明？

甚至还抱有某种希望？

再去旅游时，大H选择了古巴。除了看加勒比海，更想领略哈瓦那原汁原味的萨尔萨舞的魅力。

皮肤晒成了棕色的大H腰细腿长地回到朋友之中，听到了一个令人悲伤却忍不住在心里偷笑的消息：伍月明和小H分手了。

而不好的消息是,在此之后,伍月明也并没有表现出对大H丝毫的兴趣。

大H慢慢消沉下去。身为朋友我很无奈,如果连萨尔萨舞都无法让一个人欢快起来,还有什么能够呢?爱情吗?

英国达人秀举办期间,我看到一个好玩的视频,便随手分享给朋友们。那是一位80岁的老奶奶,和她年轻的男舞伴在台上大跳萨尔萨舞,各种倒立、旋转动作,惊艳全场。

最重要的不是爱上谁,最重要的是先爱上自己。——大H给我的短信上写道,可想而知是观后感。

唔,也许吧,这也许是萨尔萨舞在轻快与妩媚背后,要对喜欢它的人说的最重要的一句话。

越禁忌，越诱惑

埃及肚皮舞

我想人类的审美是共通的。高大丰美的女性，有着线条修长圆润的四肢，柔软摇摆的腰肢和饱满灵动的胯部，深邃的双目在鸦翅一般的睫毛下静如深潭，从古希腊神话到东方传奇，这样的女人都代表着诱惑，也代表着禁忌，人们被告诫，不许走近她。在诸多故事里，她们被描述得竟然比最锋利的匕首更易伤人，比最剧烈的毒药更要人性命。

　　也是可笑。人类自己的脆弱竟要用"别人的美太具冲击力"来做借口。

　　就像塔塔。这个名字是本市的传说，本市大批无聊人寂寥的生活因为塔塔的存在而变得蜿蜒多姿。人们的好奇心围绕她的美貌展开，却又不得不在她的不动声色面前终止。

　　塔塔突然来到本市，最具风头的几个男人，树先生、森先生、莫先生都说和她毫无关系；以枫女士、绿子女士、索尔女士为代表的最具风头的几个女人也都说从没有听说过她。隔了一段时间，莫先生又评价说，这个女人不可爱。他抿起薄薄的嘴唇，强调"不可爱"三个字。绿子女士生气了，嘟起花瓣一般好看的小嘴，斥责莫先生太沙文主义，对女人的看法偏狭，观点更是浅薄，态度也不尊重。莫先生马上嘿嘿笑着认输，森先生却对莫先生这么容易就被绿子女士吃定感到不以为然。

塔塔露过几面，穿着总是同一风格，身上宽大的布料飘飘洒洒，蓬松的裙裾在修长的腿的周围水样摆动，或者把上衣有意无意地在肋骨处收紧，露出一片腰肢；或者在裙根处开了长长一线，走动得急时，结实浑圆的大腿时隐时现；或者在后领口松开一块，一段白皙悠远的颈背露出来，比大露背的衣服倒更显诱惑。更要命的是，她的耳坠居然是一枚小小的铃铛，留着乌黑浓密长发的头略微晃动，耳垂边就叮当作响。

绿子改变看法了。绿子皱着可爱的鼻头道，这个塔塔，的确不可爱。

其实，以出生于1940年的罗马尼亚著名舞者、舞蹈老师摩洛可为代表的一批舞者很介意用"肚皮舞"这个名字，而是和欧洲人一样更多使用"东方舞"这个词。这不单单是因为他们觉得"肚皮"二字太赤裸而且无法代表这种舞蹈的全部，更可以由此想象，"东方人"在大家眼里是怎样的风韵，怎样的姿仪，怎样的神秘和怎样的柔媚。

为什么叫"肚皮舞"？18世纪末法国入侵埃及，当时的法国人初次见到这种有着丰富的腰腹臀胯动作的舞蹈，便把它称作"la danse du ventre"，即"腹部的舞蹈"。

1893年，美国芝加哥"世博会"上，埃及馆的负责人Sol Bloom请来舞娘表演埃及舞蹈。为了吸引眼球，他把"la danse du ventre"这个法语词汇翻译成"belly dance"（肚皮舞），还在他的广告中写道:"舞者身体上每一寸肌肤都会像祖母的感恩节晚餐盘中的果冻一样颤动……"他的商业运作非常成功,而历时千年的中东舞蹈,也从此获得了一个轻佻而摩登的名字——"肚皮舞",并传播到全世界,沿用至今。

如果说芭蕾舞展现的是抵达天空无限之远的轻盈,那么肚皮舞展示的便是大地沉甸甸的丰腴。那从地心深处传导出的震颤,一波波地散布到臀,到腰肢,到胸。头部安静如风,乌发卷曲,覆在圆润的肩头,压着肩部及以下的动作,让胸、腰、臀部的摆动更具备韧劲。

肚皮舞的旋转和舞动营造出地母一般的氛围,舞动中传播的力量令人联想到哺育和生殖,而最早的时候,肚皮舞就是作为一种宗教仪式出现的。在人们面对自然畏缩无力的那个年代,它歌颂着大自然和人类繁衍的循环不息,歌颂着生命的神秘。虔诚于肚皮舞的人们相信,肚皮舞在起源时,就已经蕴含了赫拉、德墨忒尔等众多女神的形象,她们在古代的神话中分管着生育、耕种等与人们息息相关的生活形态。这也可以解释为什么肚皮舞以腹部的动作为主要特点,因为腹部指向子宫,是人类最初的起点,是人类繁衍的根本所在。而且跳舞时要赤裸双脚,这是为了保持和土地的联系。

同样是摩洛可,这位同时也以东方舞史学家的身份存在的女人,认为这种舞蹈可以减缓女性生产时的痛苦,这也被认为是肚皮舞的起源之一。而在表现肚皮舞的电影《玩美舞娘》中,那位高冷的肚皮舞大师在教导女主人公跳舞时告诉她:"让自己最柔软,然后升入最坚强。"意思是让女主人公接纳、放开,如水一样斩不断。虽然扮演女主人公的演员毕竟不是专业的肚皮舞者,所以跳得一般般,但是可以看出肚皮舞代表的是怎样的女人：成熟、奉献、妩媚、忍耐、过尽千帆、风情万种。

所以在肚皮舞界，有一种观点认为太年轻的女性会因为缺乏必要的生活经验，无法将肚皮舞的魅力渗透其中又渲染其外。见过肚皮舞的人，看了那异样的裸露与大片的遮盖，那如丝绸一般滑润的舞姿，那美艳而神秘的肚皮舞娘，那遮蔽滑腻肌肤的叮当作响的首饰，都会感叹这种舞蹈所展示出的成熟女性的魅力，而埃及许多著名的舞者如索黑儿·宰肯（Sohair Zaki）、菲菲·阿卜杜（Fifi Abdou）、露西（Lucy）和蒂娜（Dina）等，年龄也全都在40岁以上。

塔塔深居简出，有官方消息证明她是独自一人，并无家眷。索尔女士听了这个情报，下意识地轻蔑一笑，道："原来这漂亮是无用的。"等看到正啜饮浓黑咖啡的绿子脸色一滞，才蓦地醒悟：自己违反了潮流女性倡导的为自己或者更伟大的目标而活的理念。

并无家眷的塔塔独自一人住在某望江豪华公寓，每天的工作仿佛就是将自己紧裹在轻纱和丝绸里，再叮叮当当摇曳生姿地穿梭在人群中，简直令人嫉妒。

"你们都错了，"英挺睿智的森先生道，"她有工作，是著名的舞指。""武术指导？袁和平？"绿子吓到了。"舞蹈指导。她在肚皮舞界名号响亮，被称为'沙漠玫瑰'。据说曾经得到中东一位石油大鳄的欣赏，获赠财产无数，后来和一位年轻男子相爱，引起大鳄暴怒，最后男子不知所踪，塔塔从此作别舞台，只靠指导舞蹈为生。"森先生有不少艺术界的红颜，他的消息值得信任。

"这么离奇。"枫女士撇嘴。

"还有更离奇的,据说她是东方舞教母芭迪雅转世。"

大家面面相觑,想笑,可是森先生一脸的严肃。

"而且……"森先生看了树先生一眼,欲言又止。

塔塔身上的确有莫可名状的异域风情与神秘力量。

自称拥有植物般的情感的树先生以往只热爱自然,男女情感令他觉得麻烦且脏乱。塔塔出现在本市后,树先生沉静的双眸渐渐明亮,竟然焕发出少年般想要飞蛾扑火的跃跃欲试,不管不顾地利用自己的影响力制造机会和塔塔约见了几次,又倏忽退缩,而后没来由地卧床三日,再起来时眼神恢复到沉静的状态——只比以前多了死寂。

连无坚不摧的树先生尚能碰壁,这塔塔简直就是巫婆。偏偏她嘴唇微启,乌发低垂,看起来一副予取予求的模样。

她不知道森先生已经知道了她的秘密。

一种说法认为,肚皮舞源于奥斯曼土耳其帝国的宫廷,16世纪逐渐在中东和北非地区传开。

更有不少人认为它源于埃及。

狮身人面像、艳后克里奥帕特拉、金字塔里的法老、斯芬克斯诡谲的微笑……提到埃及,人们不免想到神秘的种种。

认为肚皮舞源于埃及,是因为在古埃及"新王国时代"第十八朝的陵墓中,就绘有关于肚皮舞的壁画,而肚皮舞里的许多动作,也可在埃及诸多用作装饰的人物形象中找到对应。

虽然也有男性跳肚皮舞,在中东的一些野史记载中,苏丹皇宫的宦官也经常为宫中的女性表演肚皮舞。可是肚皮舞的气质从根本上来说，还是阴性的、女性化的，在乌德琴、耐笛、地尔巴卡手鼓、扬琴山都尔等乐器的伴奏下，舞者摆动着自己的身体，当真是乳波臀浪。人体在这一刻不仅为观众而舞动，同时也献祭给神。这是突显女人第二性征的舞蹈，在鼓点逐渐密集的节奏中，腰腹部大幅度高频率的各式扭动动作令人惊叹。

有人会觉得肚皮舞有伤风雅，它的美能激起人们动物性的力量。也的确如此。19世纪的穆罕默德·阿里王朝时代，曾禁止在开罗市内的公共场所跳肚皮舞。到了1952年革命之后才恢复，但是肚皮舞舞者被禁止露出身体，所以现在的埃及肚皮舞舞者从胸部到腰间都戴有饰品，不能直接看见肌肤。而出演肚皮舞在有些地区是被明令禁止或受限的。在埃及，曾经有一个持续一年的禁止外国肚皮舞舞者的禁令，到2004年9月才被取消。

然而这些小小禁令怎能挡住它的传播呢？它太美了。

尽管算不得庄重，尽管在奥斯曼王朝有过不纯粹的表演，可是，它太美了啊。

人类能战胜凶禽猛兽、自然灾害、病冻饿痨，但在美面前，永远会软了心肠。

还有，舞者仿佛还嫌魅惑和引诱力不够，有时还会用上蛇、刀、剑、面纱、蜡烛、火焰等道具，再随着中东音乐神秘遥远的节奏舞动，身体像绵延的流水，像起伏的波浪，像燃烧的火焰……说不心动，神都不信。

其实，也不是每一种肚皮舞的风格都香艳肉感。

埃及肚皮舞就比较内敛、含蓄，有宫廷舞蹈的优雅，它强调对肌肉的控制，动作幅度比较小。看她们跳舞，如同穿越到了宫规森严的古埃及宫廷。

土耳其肚皮舞则大胆华丽，舞蹈动作里糅合了大量的跳跃和胯部旋转。土耳其舞者下半身的裙子通常压在胯部很低的位置，而且层层叠叠，突出胯部的饱满，放大胯部动作。

印度流派则从音乐到舞姿都有强烈的印度风格，这种风格的肚皮舞妩媚多姿、衣着饰品的色彩鲜艳斑斓，并且加入了印度舞风格，包含印度舞的特有手势（如五指张开，小指和无名指向掌内弯曲等）。

美洲肚皮舞充满野性，柔软的舞蹈动作里不时渗透出小小的蛮力，像是在野外丛林中舞动。

除了上述几种，在民间，还有许多不同的肚皮舞风格。自然，每一种风格的舞蹈和音乐都有强烈的本民族色彩。

托森先生在艺术界朋友的福，本市这几位风云人物看到了塔塔编排的舞蹈。舞娘们柔软如柳，媚眼如丝，长纱、垂珠、流苏、臂环……在舞台上随着充满神秘感的中东音乐摇曳。美极了。森先生却连连摇头，作为一个拥有大量艺术界红颜的人，他的品位告诉他，舞台上这些舞蹈太肤浅、太干瘪。为了显示自己在这个城市的力量，下一次表演，森先生略使手段，终于让塔塔亲自上台。

这差别，太大了。

塔塔动作不大，是埃及肚皮舞的流派。如果她能代表大地，那么她的力量便是发自地心深处,而后向内收去,只在外表产生一串串的战栗和余波,却让整个舞台瞬间变成了她一个人的宫殿,她在宫殿里活色生香,让人如痴如醉,如坠梦中。

与她一比,刚才的舞娘真的如柳了——蒲柳的柳。

森先生却并无得意之色。目光触碰处,他相信塔塔已知道了是他所为,她却仍然是深不见底的目光,与看透了又接受了的表情。

森先生为树先生在塔塔那里碰壁而不值,他希望树先生(也许也希望自己)知道,塔塔不过是个舞娘,在镁光灯下让观众开心,仅此而已。

森先生早就发现塔塔与一年轻男子同进同出,支付一笔不小的费用之后,朋友的朋友的朋友弄来了情报。那年轻男子居然是中东那位石油大鳄的儿子,为了塔塔难挡的魅力竟舍弃家产,这样的牺牲,让塔塔不再为其他人心动,也是理所应当。

树先生其实也不必遗憾。

年轻男子顺便告诉森先生他对塔塔的感觉。

——那一瞬间就像嗅到了东方香水,像是掀开了《一千零一夜》。

优雅到像芭蕾

芭蕾：芳婷和努里耶夫

优雅到像芭蕾

芭蕾：芳婷和努里耶夫

嘴角已经有细小纹路的女教师严苛无比，且固执地认为所有舞蹈都要以学过芭蕾为前提。

为学生做展示，纤长的手臂向无限远的地方延展，超高的脚背简直要弓到天上去，小腿、脖颈、脚踝的弧度全都美得触目惊心。DVD、现场表演都看过一些，但是在这小小的舞蹈教室这么近距离地看到这样收敛得只剩下灵魂的重量的身体，还是会惊讶地张大嘴巴。

柴可夫斯基悲怆的音乐声响起，老师整个人轻如蝉翼，舞动时如风行水上。蝼首明眸高傲地探入天空，衬得站在旁边的俗世的我们污糟臃肿。她已成云，我们却是泥。

也有机会看见其他舞种的精彩演出，她下巴微昂，眼神高傲，腰杆直立，那是常年训练的结果，轻吐出字："有特点。"我们知道她的言外之意："但是没有任何舞蹈能和芭蕾相比。"甚至："除了芭蕾，别的也能叫舞蹈吗？"

历史总是精彩的，舞蹈史也不例外。提起芭蕾就要说到《天鹅湖》，玛戈·芳婷即是芭蕾舞史上最令人难忘的"天鹅"，她和努里耶夫显然是芭蕾舞史上最完美的搭档。说到这对儿年龄差别十九岁的搭档的神秘轶事，年轻的不缺少八卦之心的学生总是双目炯炯。

会有人用征询的目光看向老师，以她的阅历，想必是可以给出特别的答案吧？

"有这个时间不如去靠墙站。"老师不屑地看我们，敏感的学生会从中读出一丝嫌弃："问那么多干什么？反正你们也不准备成为玛戈·芳婷。"

玛戈·芳婷，这位出生在英国的杰出芭蕾舞艺术家，是所有芭蕾舞者都想达到的高度。

女孩子们终日拉筋、大跳、压脚背，在李斯特的钢琴曲里旋转得不知疲倦，终年不知道红烧肉水煮鱼的味道，在变态的倾斜15°的地板上苦苦练习动作，练到脚趾恐怖地变形，只是为了至少能有资格在《胡桃夹子》里扮演一枚小小雪花。多少人多年练习，却到毕业就转行了。像老师她，倒是在团里跳了那么几年，可是很快就被严重的骨刺击倒，只能做主演的背景，偷偷在无人处练阿拉贝斯克（芭蕾舞者最经常练习的基本功之一），业余时间来屈辱地带我们这帮只把芭蕾当作爱好的业余学生。

而芳婷，十七岁时就跳了《吉赛尔》，十八岁时跳了《天鹅湖》，十九岁时跳了《睡美人》。她完成了多少芭蕾舞者的梦想。包括牛津大学在内的众多大学争相授予她名誉学位，世界各地都有她的疯狂粉丝。1956年，她将近四十岁时，因为在芭蕾舞上突出的表现，被封为"玛戈女爵"。

不能用"如日中天"来形容她，因为她的一生并未如太阳那样落下过。少年天才多早早耗尽一生才华，大器晚成者又要用多年时间来沉淀，只有她，到了一个高峰，又攀爬上新的高峰；给观众一个惊喜，又让观众有新的激动。

芳婷也曾有过动荡的童年。我常以为，人的命运是前后呼应的，童年的经历会贯穿一生。芳婷的父亲是烟草工程师，当年被派驻中国上海，她经常在美国、中国之间往返。

她36岁时结婚，嫁给了巴拿马驻英国大使馆外交官。大使是政治名门之后，他的父亲曾是巴拿马总统。艺术精灵般的美人和政界才俊的结合，也本是天作之合。可惜，没过几年，她的丈夫发动了反对巴拿马政府的政变，结果失败了，芳婷被逮捕，并被驱逐到美国。

看过一个纪录片，当年她刚在美国下飞机，就被记者团团围住，问她知不知道丈夫在哪里，是否准备和丈夫见面，对丈夫此种行为如何看。她抱住纤瘦的臂，睫毛和声音一起颤抖，抵御般地对每个问题都重复回答着"无可奉告"。看她的表情，实在是怕极了，若非一直是优雅到骨子里的芭蕾舞者，长期在规范的艺术训练之下，真担心她会捂着脸流着泪冲口而出"放过我吧，我不想说"。

努里耶夫的"动荡"开始的年龄比芳婷更小。他是在火车上出生的，这仿佛奠定了他一生的基调。父亲是位军人，母亲是深深依赖父亲的女人。而他23岁选择了离开祖国留在西方跳舞，要多有天生的"反骨"才能给他这样的勇气！

1961年，被苏联认为背叛了自己祖国的努里耶夫和芳婷相遇，当时芳婷42岁。一个42岁的女芭蕾舞者，无论曾经多么辉煌，也是要考虑退休事宜的时候了。芳婷也觉得自己不会再有突破，于是准备离开给了她荣誉和掌声的舞台。就在这时，23岁的努里耶夫出现了。

他们第一次合作的是《吉赛尔》。这个有浓烈悲剧色彩的爱情故事获得了极大的成功，演出完毕，幕布降落，剧场足足安静了一分钟，然后爆发出热烈的掌声。之后发生了令人印象深刻的一幕：芳婷从收到的花束里抽出一朵红玫瑰，递给努里耶夫，后者屈下双膝，接过花朵，温柔地吻了芳婷的手背。观众席更加沸腾了。

之后，他们又合作了《林中仙子》，跳了《茶花女》，还跳了《罗密欧与朱丽叶》。

我看过二人跳的《林中仙子》，芳婷穿着柔软梦幻的钟形白色纱裙，和着黑色紧身马甲的努里耶夫在林中欢快地跳跃，无忧无虑地奔跑，就像在云端飞舞，看上去真如仙子一般。谁都看得出来，是努里耶夫让她如此动人，和努里耶夫的合作让她焕发出了超过之前的自己的光芒。

二人配合得如此契合，给了编舞者诸多灵感。全世界最具分量的编舞者为他们编写《茶花女》。芳婷对努里耶夫很是信任："我当然要和努里耶夫跳，不可能是别人。我认为阿尔芒这个角色，只有他最合适。"

我曾经慕名找来他们跳的《茶花女》观赏。里面一袭红衣的芳婷在舞会上望着英俊潇洒的努里耶夫，漂亮妩媚的双眼透出倾慕，努里耶夫也完全被芳婷吸引了,两人在舞台上,在对方面前自在地展现着自己。故事的最后,玛格丽特死在了阿尔芒的怀里。死前他们肢体缠绵,唇瓣轻触,努里耶夫忧郁低垂的眼帘扫过芳婷美丽精巧的脸庞。那一刻,观众无不投入。二人那一段共舞令人觉得,这就是爱情该有的模样。二人赋予了《茶花女》超乎想象的激情,演出结束后,观众陷入了极度亢奋的状态,大家居然不约而同地用同样的节奏鼓起掌来,掌声足足持续了40分钟。

又是奇迹。

英国皇家芭蕾舞团创始人、芳婷的恩师德瓦鲁娃夫人对此很是欣慰:"她的进步发生在她声名显赫十年之后,突然又往前迈进了一大步,获得了一种难以想象的自信。"没有人发现,在《茶花女》中,芳婷的感情在和她共舞的那个人身上,而那个人的感情,则全部在芭蕾上。

也难怪她对努里耶夫那般关爱。在努里耶夫之前,人们对芳婷充满了崇拜和敬畏,几乎没有谁敢指出她的不足。然而艺术哪有终点可言?和其他艺术形式一样,舞蹈也是"没有最好,只有更好"的。只是身边这么多人,只有努里耶夫敢对她提出改变的建议。她之前也已足够优秀,只是仍然被束缚在正统的舞蹈模式之下,而努里耶夫,则为芳婷纠正了一些困扰她多年的问题,像一个小小的老师。

她比之前更激情如火,温柔妩媚。男性评论家的评价毫不客气:"芳婷职业生涯的后期仍然处于身体的最佳状态,是因为面前突然出现这么一位燃烧着激情、情感炽烈、抱负远大的年轻舞蹈家,他周身闪耀着才华。他们在舞台上,在公众面前相恋。"

那又怎样呢?观众多么享受这种炽热的情感。

芳婷因结识努里耶夫而延续和光大了艺术生命,而努里耶夫也因芳婷的赏识而到达艺术之巅。他说:"遇到玛戈·芳婷,是我一生中最大的幸运。"

一个已经成名多年、稳坐芭蕾舞皇后位置的艺术家,选择和一个从未一起表演过的年轻男舞者搭档,这无疑需要眼光,也需要勇气。两人的相遇是一见钟情式的邂逅,是珠联璧合式的结合,是对"知音"一词的完美演绎。

据说,《茶花女》大幕落下时,这对舞伴在台上曾交换过几句悄悄话。芳婷对努里耶夫说:"那么,你跟着我们虽然不快乐,是不是可以再留一年呢?"努里耶夫向观众微笑,嘴唇微动喃喃道:"你知道,我在哪里都不会快乐的。"

努里耶夫一生都没有轻松过,我想他的愉悦感都奉献给了舞台。浓厚的情绪化,不同寻常的敏感度,忧郁的气质以及一点点疯狂,这就是芭蕾,更是俄罗斯芭蕾舞者的特征。

庸俗的人认定了两个人就是有男女之情,芳婷并不承认这一点,但她说的话无疑体现了她的柔情。一旦一个女人对一个男人产生了温柔,你可以说那不是男女之情,但不能否认那是一种爱。

——"看到他回家,他消失在黑夜中,孤独的影子朝着一条荒凉的马路渐行渐远。大家嘻嘻哈哈吃过饭,高高兴兴闹了一通以后,这样分别自然让人感到一种悲情。看戏的人经常也是如此,买了票到灯火灿烂的舞台前，然后在风雨中回家。"

努里耶夫对他们的感情并没有回应，虽然他在多年后得知芳婷的死讯时怅然若失："她是我生活中唯一的女人，我本应娶她，和她共度此生。"

他们已经是"同样的身体，同样的灵魂"了，但他显然更愿意和自己更为近似的人发生亲密关系，他曾和前东德一位学习芭蕾舞的男青年相恋，还有其他为数不少的同性情人，多是男芭蕾舞者。

并不清晰分明的关系没有影响二人的完美搭档。他们一起前往世界各地，享受着巨大的成功，他们声名远播，许多并不关心芭蕾舞的人也知道他们的名字。努里耶夫越来越自信，在克格勃（即苏联国家安全委员会）让他的母亲打电话给他，命令他返回苏联时，他对妈妈说：

"好吧妈妈，你问了我好多，但有一个问题你一直没问我，在这儿是不是快乐。"

他坚定地认为："我的职责不仅仅是当一个儿子，生命应该交由我来支配。妈妈给了我生命，但我得靠我自己，我得走我自己的路，施展自己的才能。我的确认识到，我拥有很高的天赋。"

在看到那些亢奋的观众时，他曾不无得意地说："我希望人们观看我演出时，就像站在绘画大师的油画前那样激动；我希望，人们要么爱我，要么恨我，但不要对我无动于衷。"

在舞台上，你能看到他那不可压制的野心。

1964年，芳婷的丈夫遭遇刺杀，一颗子弹击中他的脊柱，导致他四肢麻痹。芳婷一边维持着自己的演出生涯，一边尽可能地陪伴和照顾丈夫。

虽然芳婷极少提及自己的情感生活，但是充满了八卦嗅觉的人很早就认为芳婷和丈夫在这桩婚姻的不同时期有不同的恋人。芳婷对丈夫的情感异常复杂，但是无论如何，芳婷陪伴丈夫走完了最后一程，为了照顾丈夫，晚年的芳婷陪伴他在巴拿马，鲜少离开。

那是后话了，在丈夫遇刺的第二年，芳婷和努里耶夫跳了《罗密欧与朱丽叶》。当罗密欧看到朱丽叶假死，以为朱丽叶真的永远地离自己而去时，舞台上弥漫的那种悲伤的气氛，让观众忍不住流下泪来。芳婷自身难以明晰的情感和现实生活无疑让她的舞台表现更加丰富，不到30岁的努里耶夫也成为"世界最伟大的舞蹈家"。

单就技术方面而言，也许1965年的平衡感、跳跃的高度、转圈的速度、抬腿的高度等都无法与发展到今天的芭蕾舞相比，但是芳婷表现出的那种脆弱忧伤的美，令观众深深地折服了。她双臂打开，脖子无力而哀伤地后仰，你会觉得世界都灰暗了。

谁都在挣扎过活，无非是挣扎出灿烂火花和挣扎着以免更惨之间的区别。

无论多么璀璨、多么绚烂，还是多么黯淡、多么苍白，人生总要谢幕。

努里耶夫一生醉心芭蕾舞，并为之疯狂地展现自己。俄罗斯的芭蕾舞艺术家，有不少人都具有这种把自己毁灭在舞台上的自毁意识。

努里耶夫以"每小时100码的速度"走完了自己的一生，他因为感染了艾滋病，年仅54岁就去世了。而芳婷早早地成为主角、艺术生命延续了几十年，且总是光彩照人，然而却不幸罹患癌症，于1991年初去世，努里耶夫则于两年后离开人间。

努里耶夫的表演几乎每场都无比精彩，但我印象最为深刻的是《海盗》。舞台上的他极富表现欲，充满了原始的冲动，就像一头豹子。他的身体一直是亢奋的状态，周身洋溢着美的灵感，每一个跳跃都美得让人惊讶，就好像他能完全控制自己的身体，让它随意地停滞在空中。

我们的芭蕾舞老师严苛寡言，从不参加我们的聚会。一次在街上无意间看到她和一个男人走过，尽管双双戴着墨镜，她还是很容易就被认出来——不仅是人堆里显得尤其突出的颀长优雅，也因为走路的时候脚背引领身体前行，这个小小的习惯她改不掉。墨镜掩藏不住她皮肤已在逐渐变松弛的脸庞，本是不明显的，只是身旁的男人太年轻。

她也看见了我，微微一怔。到了下次上课，邀了那个男人来做示范，原来也是一名芭蕾舞者。两人搭档做动作时，那男人的目光充满了柔情，她则依旧面如静水，不起微澜，也许是觉得给我们这些没有天赋的业余人员做展示，没必要那么到位。

休息时，男人体贴地递给她水。有同学调皮地促狭一笑，想逗她说话："老师，他是不是你的努里耶夫？"

老师横她一眼:"什么你的我的,每一个舞者都是自己的。"

同学哑然失语。一个女人的情感,会先被自己掩藏,后被时光埋葬。这并不一定是一种折磨,反而常常成为只属于她一个人的、因为隐秘而安全的、不需要付出更多精力和责任的享受。

只是在某个时刻,脑海中会蓦然浮现那个男人的脸庞——他的胳臂让你无条件信任,他奔向你时如同每一寸肌肉都使用得恰到好处的豹子,他如海盗一般霸道地掠走你的情感,双眼又总是饱含深情的笑意。

暧昧灼伤

巴恰塔舞——Bachata

我曾看过最大胆的挑逗舞蹈,男女舞伴的身体纠缠和眼神交汇前所未有。舞者双方头颅相向低垂,双腿几乎一刻也未曾离开过对方的身体。他的左手捉住她的右手,他的右手扶着她的身体,除了旋转和造型,二人几乎全是闭式(男女面对面双手持握的身体状态)站位。

他们随着吉他音乐轻快缠绵地摇摆,腰臀的流淌起伏如风拂柳,就像已陷入一段爱情,旁人都不在他们的世界之中。刚嗅到若有若无的情欲的味道,偏偏又听见那音乐辛酸而悲伤,叮咚拨动的吉他琴弦像是在告诉你,这一刻甜蜜,下一刻就要远离,令人无所适从,不知道该用怎样的情绪来欣赏了。

然而无论如何,说这舞蹈关乎爱情,总是对的。

我的客户阿本,说她从没有遇到过爱情。

能对工作伙伴说出这样直白的话,或许是因为在合作过一次之后,我就从原公司辞职,跳到一个对我来说崭新的行业,和之前的工作圈再无交集。

我看不出阿本的年龄,是二十六还是三十五?好像都有可能。她眉目间流淌着云遮雾绕般的气息,笑时双目炯炯如少女,不开心时嘴角下撇，随便扫一眼，居然看到触目惊心的皱纹。

我无法再找到一个比S城更容易让人感到寂寞的地方了。高楼大厦鳞次栉比，35层楼的旋转餐厅里大把人为一瓶好酒一掷千金，女孩儿们妆容精致，瘦成一握仍然节食的腰身在剪裁合体的套装里扭动着，高跟鞋笃笃响，在脚跟后一刻不停地追赶自己。一切人力物力、一切美貌智商，都可拿钱去买。人的力量渺小如蝼蚁，马不停蹄地旋转跳跃，与其说是为了出类拔萃，不如说是为了避免被甩出这个大游乐场。这里被称作"魔都"，可见是有它的道理。

阿本习惯在会议中做总结性发言，黑色镜框后的双眸扫视一周，给一个颇具建设性的意见，看见老板频频点头，她眼睛一眯又张开，得意之色一闪而过。

在洗手间里我见她为睫毛补妆，浓密卷翘的睫毛还要被一层层睫毛膏渲染出更暗沉的效果，末了框上中规中矩的眼镜，嘴唇却只涂上浅浅一抹。

我在心里乐出了声，他们这些设计界的人就是矫情，习惯大片留白，只在小小的一角放上重点，万一这重点被人忽视，还要鄙视别人没有品味。总的说来就是既要展现，又要掩盖那展现的动作。直接一点有什么不好？

不管怎么说，阿本也只是这魔都一个普普通通的女孩子。我这么想。

回到座位，老板公布的却是另外一个人拿出来的方案，阿本神色愕然，又很快恢复常态。虽然失落，但一来这种事情应该早有心理准备；二来，她也不见得为了这个案子呕心沥血吧。

这年头，谁都不会为了任何事情付出全部了。

"后路"，对这个城市、这个年龄的女人来说，有时候甚至比前行更重要。

巴恰塔舞（Bachata）源于多米尼加，这个位于加勒比海北边的国家，除了珍贵罕见的蓝色琥珀，最著名的恐怕就是巴恰塔舞了。

最初是多米尼加乡间的农人创造了这浪漫暧昧的舞蹈，这是他们劳作一天之后的娱乐活动，长扫把甚至垃圾桶都可以被他们用作演奏的器具，跟着欢快的节奏踏步扭臀，有助于赶走一天的疲劳。想象农妇和农夫们随着4/4拍的巴恰塔舞音乐随意摇摆自己的身体，摇摆出能有效激发力比多（即性力，由弗洛伊德所提出的概念，泛指一切身体器官的快感）的wave（波浪）。

一开始，巴恰塔舞曲只在下等酒吧和平民俱乐部才能听到，还有，在中美洲最小的国家萨尔瓦多的妓院里，也随处可觅到巴恰塔舞的踪迹。

起源如此淳朴而充满骚动，将之与人类最本能的情感联系在一起，显得那么自然而然。到了后来，它成了艺术。我们都知道艺术与现实的区别。在观看者聚拢围观形成的小小舞台上，大可以释放自己的情感，却不必承受这种情感在现实生活中衍生出来的重担和琐碎。

再也没有别的交谊舞中的男女距离会像巴恰塔舞这么近了。

每一个第一次见到巴恰塔舞的人都会脸红羞涩吧，不过，那正说明你已经被它吸引了。

巴恰塔舞对女人的韵味把握得恰如其分，女士的肢体语言不会做放浪的暗示，却在并不大开大合的动作中春光乍泄。她与舞伴身体紧靠在一起，面对面地左右移动舞步，身心协调地互动，释放身体所有的情绪，隐秘的欲望在电吉他演奏出的独特缠绵韵味中暗暗蔓延。

像一条风情万种的河。

所以，当我看到舞台中间那张因为兴奋而大放异彩的脸时，虽然五官毫无改变，但是我还是等了好几分钟才敢辨认——那是阿本。

阿本的右手被握在男士的手心，左腿在男士两腿之间，右腿在男士的左腿外，两人的大腿位置交叉在一起。如所有的交谊舞一样，男士是舞蹈的引领者，阿本随着男士的移动而移动。

右脚起步，one，two，three，向右走；four，左脚碰右脚的同时顶胯，然后左脚起步向左，相同的动作重复一遍。

步子简单易学，然而女士腰臀的摆动，男士腿部的控制，舞伴之间脖颈的弧度、身体揉出的波浪的承接顺畅程度，让跳舞的人们水平高下立现。

没想到，阿本是这之中水平很高的一个。

她的鼻尖距对面男士的鼻尖还有五厘米，身体附着于男士的身体，她半脚掌落地，移动重心，利用脚给地板的压力上顶胯部，胯部大幅度旋转开始时臀部也跟着摆动。电吉他的轻快乐曲像微风吹拂他们的身体，拉丁语的歌词吟唱着莫名的欢愉与伤感。他们耳鬓厮磨，互相拥抱，男士的膝盖顶在她的双腿之间，起着支撑和指引方向的双重作用，让阿本摆弄自己的身体，展现舞姿也展现自我，就像女人梦想男人能够做到的那样。

那位男士并不十分英俊，然而线条漂亮的肌肉和紧致的身材让他魅力四射。

唔，也许会有什么要发生了。这样寂寞的城市，这样活色生香的事情，观者，乐见其成。

忽然想起，一起跳舞的人里，曾经有一个浓眉大眼的男人对阿本频频发出示好讯号。男人本也算巴恰塔舞高手，却在和阿本共舞时总是撞到她的腿。或许是为了展示他的引导能力，在引领阿本做一个下腰动作时，没有控制好，让阿本险些跌倒在地。

唉，比起巴恰塔舞的社交功能，它更像是某种调情，在那样缠绵的、如泣如诉的巴恰塔乐曲中，都无法自如地沉浸、游弋在里面，无法和他跳一曲巴恰塔舞，那就放弃吧。

过分深情的巴恰塔舞者会因上半身的控制和下半身的转动、摇摆，在一曲过后将背部肌肉都给拉伤。可是我所见的阿本的肌肉拉伤，仿佛不仅仅是巴恰塔造成的。唔，终于……发生了吧。

阿本的巴恰塔舞原来跳得如此好，这家俱乐部最帅的Luthor也在阿本的舞伴休息时邀请她。看着Luthor一张笑盈盈的脸，没有女人能够拒绝。阿本微微踮起脚尖，臀部靠在Luthor结实的大腿上，周围尽是嫉妒的目光，除了阿本的舞伴。

巴恰塔舞高手并不靠下腰或旋转等技巧来展现自己，他们只需要看一眼胯部动作就知道对方功力如何。外行以为巴恰塔舞就是扭动屁股，或者扭动腰肢，甚至全身扭动，其实统统都是误解。巴恰塔舞最重要的动作在于胯部的"坐卷提"：臀部下沉显得线条美妙；卷起胯部才会画出最柔韧的弧线；向上提胯的动作最能彰显女性的特征。阿本自然是内中高手。她上身交给Luthor的手臂，几乎不动，只有胯部随着音乐浮浮沉沉，这动作内敛极了，也闷骚极了。观众爆发出一阵阵喝彩声。阿本的舞伴在远处吧台含笑鼓掌。

Luthor兴奋起来，甚至邀请她来指导其他几个女孩子。女孩子们白眼都翻到天上去了。

阿本和Luthor跳巴恰塔舞时的感觉与她和舞伴跳时全然不同。

这是一种关乎爱情的舞蹈，舞过之后你会发现地板上有被爱灼伤的痕迹。阿本和Luthor是直接的火苗，火苗又有酒泼进去，两个人的笑容都热烈又甜蜜，一曲过后，Luthor的指尖像是还萦绕着阿本的味道，那是飘渺的似爱非爱的温暖。

与她的舞伴跳舞，却又夹缠着淡淡的忧伤，分明是性感缠绵的舞步，却像在讲述苦涩的故事。也许是有音乐的原因在，看着阿本与舞伴动情处额头相抵、目光低垂，虽然周围一片喧嚣，心中却会涌起寂静的感动。

阿本说她从没有遇到过爱情，我想她只是没有觉察。

那"已经发生的事"，不用说，是和她的舞伴了。

指尖触摸处的肌肤有火花在飞溅，腰肢不自觉地拱起，双腿夹住对方的腿，手臂扬起，将身体交到对方手中，臀部轻摆，低垂的脸上是沉浸其中的表情……坦白完这一切，我惊讶极了，因为，居然，那个人是Luthor吗？

阿本耸肩，那么好的舞伴，哪里忍心呢？越接近灵魂的东西，越不敢轻易用肉体去献祭。何况，Luthor又那么好看。阿本笑着，一脸的轻松。

啊，是了。阿本的确也只是这魔都中一个普普通通的女孩子。

后来呢？——刚一问出口，就知道我这问题蠢极了。这一夜之后、再不谈情的交战双方，这没有钱就没办法存活、时间比金钱珍贵一百倍、感情比时间更珍贵一千倍的城市，哪有什么后来？

而且你以为为什么，阿本选择的人是Luthor。

欣赏到极致，就丝毫也不忍心消费了。

说起来啊，和它的起源一样，巴恰塔舞最能满足的，是人类本能中对拥抱和肢体接触的渴望。旋转餐厅每分钟转动15°，拍卖会上又举起志在必得的牌子，这热腾腾又冷冰冰的都市，有多少皮肤饥渴症患者在走，有多少人能与合适的舞伴跳一曲巴恰塔舞呢？

Body On Me

爵士舞──New Jazz

爵士舞（New Jazz）也许是对身体硬件要求最少的舞蹈之一了。高矮胖瘦、身材比例、年龄大小、有无童子功，都不是问题——有平均年龄超过60岁的女子组合照样收放自如；有体重超过200斤的肥仔跳得诙谐而性感；有肌肉虬结的壮汉踩着10厘米高跟鞋跳得比女性更妖娆。——重要的是你会不会被爵士舞的味道吸引。

不过，那么多大牌歌手都在MV里大跳爵士舞，从布兰妮到麦当娜，从Lady Gaga到贾斯汀·汀布莱克，从蕾哈娜到碧昂斯，其他的各种大咖也都在唱跳中选择爵士舞。无论多么没有功底的人，仿佛只要洗剪吹一下头发，上好妆，再穿上同一个套系的衣服，大家一二三一起跳或单一或简陋的爵士舞步，后期奋力一剪辑，看着都是那么魅力四射。——这样一来，随着流行音乐铺天盖地的影响，人们会被爵士舞吸引，也是再正常不过的了。

而急促又富有动感的音乐，外放型的肢体展示，又多么符合在社会规则中不得不循规蹈矩的人们的需求。在随着流行音乐舞动的那一刻，你会觉得自己就是明星。

所以，我推荐爵士舞给Nikita。这是个胖姑娘，只允许别人叫她的英文名。

虽说胖，可是她乐感不错，对身体的控制很到位，更重要的是她有释放自我的渴求——在暗恋了颇具绅士风度的高富帅四年后，亲眼看着高富帅恋爱了，高富帅订婚了，高富帅从南非买了硕大的钻石镶嵌在戒指上，万分宠溺地送给眼睛大大、脸蛋粉嫩、胳膊腿都细细长长的女友。任谁遭遇这种尴尬都会渴求能有机会释放自我吧。

Nikita开始练习的时候，老师拼命冲她吼："Power（力量）！要有power！"她一着急，反倒连节奏也乱了。我建议她把地板想象成那颗钻石，并且想象身体的前后左右分别是细长胳膊腿情敌的巧笑、美目、气息、身影。果然，力量一下子就出来了。

这舞蹈，就是要挑衅世界，炫耀自我。

也许还有少部分人听见爵士舞这个名字，就会想起马甲、西裤、皮鞋、手杖。不，爵士舞早已经不是那样的了。在二十世纪六七十年代，美国经历了社会文化的动荡与革新，当时，反战情绪、对政府的质疑、女权运动、婴儿潮、嬉皮士文化的流行、性解放、电子音乐的风潮、人口激增带来的汽车和房地产行业的急速膨胀，以及随之而来的经济萧条期，使整个美国社会充满了浮躁、狂暴、反叛的情绪，同时民谣、电子音乐、摇滚乐等通俗音乐的发展，让年轻人越来越不满足于老式的舞蹈跳法，他们更倾向于更具表演性的舞动和身体小范围的细节控制，于是早期的霹雳舞流行开来，并慢慢出现自己的舞蹈体系及专业名词。

在这种局面之下，音乐出版商、演艺机构迅速跟风而上，制作出并推广各种适合年轻人口味的音乐作品。特别是1981年美国传媒业巨子罗伯特·皮特曼创建的MTV全球音乐电视台,播放的内容都是通俗歌曲,由于节目制作精巧,歌曲都经过精挑细选,观众人数很快就达到数千万。之后,英、法、日、澳等国家的电视台也相继开始制作、播放类似节目,并为MV的制作定型,使原本只是听觉艺术的歌曲,变为视觉和听觉结合的一种崭新的艺术形式,其中的舞蹈表演也更加倾向于街舞类舞蹈,而不再是前期的古典、现代、百老汇类舞蹈。

在这种新兴文化氛围的推动下,本来在平民阶层近乎销声匿迹的爵士舞焕发新生,依靠对音乐的节奏、旋律的深层把握,大量加入街舞的动作,同时大幅度降低难度,并从传统舞蹈中大量吸取表演编排方面的精华,再融入之后的拉美雷鬼文化,最终形成了现在我们所看到的以MV表演为主,并配合欧美流行乐的流行化爵士舞。

那句话怎么说来着?"爵士舞的每一个步子都踏着自由的节拍。"

年轻人无论做点什么都要有榜样,Nikita常常为自己的体态自卑,尤其是被绅士高富帅及其细长胳膊腿女友联手打击了之后……胜就骄,败就馁,完全是"不以物喜,不以己悲"的反义词,时而欢欣鼓舞,时而垂头丧气,隔个十天半个月就要打退堂鼓。爵士舞教练表示要教好Nikita,首先还要解决她的心理问题,太难了。

榜样?活力四射、魅力十足?镁光灯下生动得像巨星降临我们凡人中间?这样的人在爵士舞界太多了。随便挑拣几位,就光芒万丈。

双子座的天才舞者Brain Friedman于1977年出生在美国,从小就在舞坛频频亮相,各种比赛表演来去自如。十六岁就拥有了自己的舞蹈工作室，令人惊叹。他被美国知名选秀节目《舞林争霸》拉去做评审和编舞，据说只要在《舞林争霸》中看到最妖的爵士舞，不用问，一定是他编的。

他为蕾哈娜、碧昂斯等人编排了众多看得人大呼过瘾的舞蹈，也是布兰妮的御用编舞。他的每支舞几乎都被人惊呼一次"Brain Friedman小宇宙爆发了"，事实上，他的小宇宙几乎就没停过……有人笑说布兰妮是Gay Icon（同志偶像），周围分布着太多的gay了，Brain Friedman也是其中之一。少年天才大多脾气不小，Brain Friedman也不例外。还记得2011年布兰妮发布新专辑，舞蹈遭到口诛笔伐，身为舞蹈指导的Brian Friedman接受访问时毫不客气："布兰妮已经不一样了，时间在变，我们的身体和思想也在变。她想怎么做、怎么表演，是她自己的选择。我们要做的就是让她自己做决定，接受她的选择。如果你是粉丝，就尽粉丝的责任。如果你因此不想买她的专辑了或者不想再看她的MV，那也是你自己的事。"

Brain Friedman牛到什么地步？预定他的课的人排队排到马路上，他会在九十分钟的课里要求大家掌握十八个八拍的内容！一节舞蹈研习课会配两个老师，第一排站五个助教。几年前他发布了自己的原创服装品牌"BrianSaysBFree"，请来的男模都帅到不像话，看上去模特比展示的衣服还要漂亮。

腿长脸帅，穿衣显瘦脱衣有肉，而且看起来还一点都不娘，这么完美的男人实在罕见，Camillo Lauricella即是其中代表。这位国际著名的爵士舞者来自德国，从小学习芭蕾舞的经历让他的舞蹈大气舒展，甚至带着优雅，同时爆发力也无与伦比。

还有哦，在表演中，几乎没有哪个舞种是敢单人登台的，可是Camillo Lauricella在2013年"World of Dance"（世界街舞大赛）的裁判秀中展示了单人solo，在他脱掉衬衫的那一刻，我明白了为什么色情影视业不以女性为受众群了，女性根本不需要那些没有美感的东西啊，只需要Camillo Lauricella这样的男人存在，凹着造型，把身体的每一个定格都卡在节拍上，腿部、臀部、胯部、手臂都以各种违反人体学的姿势展示出性感，就足够带来快感了。

介绍完上面两位我就知道我错了。Nikita更加自卑了，她简直已经得了"帅男必杀症"。这也拜我们这个社会明里暗里对女生的价值观影响所赐。

我口头上安慰Nikita，她完全不听。其实我并没有骗她。人的魅力的确是来自各个方面，五官端正、身材窈窕只是其中一个方面。胖女生的舞台魅力之代表人物，我们就推Parris Goebel好了。

胖女生能不能跳爵士舞？能跳到什么程度？遇到这样的问题直接拿Parris Goebel来回答，一定得满分。

这个90后胖姑娘是新西兰的王牌编舞，那强大的爆发力和控制力真是帅到没谱！她对爵士舞大构架和小细节的把控令人佩服得五体投地。超短的头发和大红唇是她的象征，舞蹈中的她一双深目显得霸气十足。她曾经为亚洲偶像团体BigBang的成员太阳编过 *Ringa Linga*，也编过蔡依林的《大艺术家》。她因为舞技过人，曾经被邀请在电影《舞出真我》里面客串演出。但是最令人感动的是，从小疼爱她的姑妈罹患癌症，她在波兰授课无法返回，由于担心无法见到姑妈最后一面而为姑妈录制了一段舞蹈——*I Won't Let You Go*。这是英国著名传奇歌手James Morrison的歌曲。

　　说到这里就必须提到，爵士舞每支舞蹈的名字其实就是那首歌的名字，舞者是最能领略那音乐内涵的人之一，然后用自己的身体动作将之更具画面感地表达出来，那舞动的肢体表达的是口述甚至吟唱都无法阐释的情感。正如《毛诗序》所说："情动于中而形于言，言之不足，故嗟叹之，嗟叹之不足，故咏歌之，咏歌之不足，不知手之舞之，足之蹈之也。"舞蹈占有的是物质发展最美妙的成果——人体，从来没有一门艺术像舞蹈这样，把自己的全部魅力构筑在充满情感的人体上。

　　而这些动感、直接、很容易就能给我们带来共鸣的音乐，这些歌词里写着叛逆与自我、嘲讽与悲伤、离别与深爱的作品，是爵士舞的基石，和爵士舞的舞蹈动作相得益彰。而爵士舞的动作也让我们有了一个机会和途径用身体语言直接展现并融入自己喜欢的音乐。

　　无论私下的性格是怎样的，当他们站在舞台上，音乐声响起，爵士舞者骄傲、霸道、自我、慵懒、流畅、性感的感觉都要尽数流露。眼神与表情，气质与神态，紧实有力的腹部，灵活的胯部，方向变换利落的头部，随着每一个重拍的强调，都让我们感到自己身体的力量。

　　爵士舞者多数情况下都会集体舞动，但在整齐的动作之下，每一个舞者都在跳着自己。他们没有角色，他们在扮演自我。这也正是我要告诉Nikita们的：做你自己，你觉得你美，你就是美的，因为你在舞动的，是你自己的身体。

大都会无野兽

蒙古舞

落落说:"瞧瞧这些死娘炮,怎么就不能让我遇上个纯爷们!"

她对着一群穿小脚裤烫韩式头的花美男猛翻白眼。作为这档节目的导演之一,她这种行径可不值得称道,抱怨有意思吗?等会儿还不是要屁颠儿屁颠儿地叮嘱化妆师"粉底再打厚一些""那个谁一定要画眼线啊"。

这档名叫《良人来了》的真人秀节目,请来的多是少男少女喜欢的"暖男",多少圈外的朋友让落落帮忙要签名,满眼桃心地要"良人"们用过的毛巾、穿过的T恤,搞得她烦不胜烦。落落鄙夷地撇嘴:"完全就是'娘人来了',身上雌性气息比我还浓。"

有爱找事儿的人告诉落落:"男人不够威猛,是因为女人不够温柔。"落落的眼珠子翻得惊心动魄:"你怎么不说女人不够软,是因为男人不够硬呢?"吃惊了吗?受惊了吧?别轻易学,这招"一句话噎死人"技能,非落落不可用。

不同的民族,他们各自不同的特征在舞蹈中被表现得淋漓尽致,民族舞也成了一个民族的标志之一。想想真挺激动的,我们的人民多么可爱、多么乐观、多么聪明、多么团结、多么多才多艺!在千百年来的劳动生产中,各自形成了带有鲜明的民族特色的舞蹈风格,只需一举手、一投足,就能让人联想到他们的家乡、他们的生活、他们的心灵气质和思想感情。对于本民族的人民来说,舞蹈能表达和交流情感;对于别的民族的人来说,这样的异域风情,太令人眼前一亮了——这是享受。

就像蒙古舞,第一个步子踏出,就会让你想起茫茫草原、辽阔天边,想起威武雄壮的套马汉子,再沉默怯懦的人都会立刻生出满腹豪情,直想大块吃肉、大口喝酒了。

蒙古舞并不是仅仅流行于内蒙古地区,事实上,在吉林、黑龙江等省蒙古族聚居地区也流传着此种舞蹈。蒙古族人主要居住在我国的北方,那里的冬季漫长而寒冷,夏季温热而短暂,春秋时有大风起,寒暑变化之剧烈有如浓酒。有人说寒冷的地带盛产骁勇的汉子、战斗的种族,所以他们的舞蹈也全无脂粉软腻之气,每一个姿势都像鹰,像狼,像马。你看着那舞者穿着牛革靴子,长袍被绸缎做成的腰带收紧在腰间,宽阔结实的肩膀展现着男人的阳刚,提拳迈腿时如同顶天立地的英雄,胸中有血,心头有伤。悲哀辽远的马头琴声响起,舞者薄唇紧抿,眼中的怆然通过身体的舞动流淌到舞台的每一个角落,作为观众的你屏住了呼吸。但那悲哀也是克制的,扛得住的,不到最柔软的时候不流泪——千万不要看蒙古汉子流泪,那会让所有的女人心碎。

作为竞争对手的某电视台推出了选秀节目。"真是落伍!"落落撇嘴冷笑，"现在还有人看选秀？那不是N年前流行的吗？"可是到了下一周，副导演就一脸紧张地告诉她内部消息，"那选秀节目的收视率已经上来了，势头很迅猛！"落落让副导演找了带子来看，那档节目叫《舞动春秋》。居然还是舞蹈选秀，这么不大众？最近的一期恰好是一位蒙古汉子，他的肩膀有力，腰身却空灵；大腿结实，双足却轻盈，那和着蒙古族风味的音乐舞动的每一个瞬间，都生出了呼啸而过的风。落落虽然在电视台工作了多年，但始终没有留意过，原来舞蹈远不是春晚上面那样的，远不止挥挥手再下个腰，也远不是酒吧里嗨起来后的群魔乱舞。更重要的是，那舞者一个人就能控制住一个舞台，这太难了。

落落一杯咖啡在手里握到凉，整张脸呈现出一片惊愕之色。正看得入迷时，中年男制片人打来电话："注意点啊，观众明显更爱看2号'良人'，上期给3号'良人'镜头太多了，你不是看上他了吧？"落落没好气："3号'良人'有可能是我喜欢的类型吗？他倒有可能是你喜欢的类型。"

下了节目，副导演已经把那蒙古舞者的联系方式要了来，献媚般地递给落落，口称："直接问节目组肯定什么都套不出来，不如拿其中一个参赛选手做标本。"这家伙真是个人精！

每个女孩子都曾经做过有关英雄的梦。正衣袂飘飘、环佩叮咚地过着没有内容的生活，身边都是谦和有礼的君子，忽有一日遇见一位不循章法的混蛋，那混蛋打马而来，自信不羁，炽热的双眸激荡着草原的风。女子被一把掳走，横身马背，生活向后疾驰而过……

落落虽然在电视台这种女性柔情难以施展的地方讨饭吃，可是，她也是女人呀。

蒙古舞的舞姿折射出他们的狩猎、游牧生活。因为要在大自然的怀抱里讨食物，内蒙古人对万物的生死枯荣、太阳的升起降落、四季的周期变化、天空的电闪雷鸣……都有别样的敏感。而对大自然的其他生灵，尤其是那些拥有内蒙古人欣赏的骁勇、矫健、坚韧等气质的生灵，他们更是愿意与之和平相处，并在生活中模仿和学习。

在蒙古舞蹈中有许多模仿鹰和大雁的动作，它们是天空和自由的儿女；对骏马的模仿也不可缺少，那是大草原的骄子。而在古代，蒙古舞中还有很多模仿凶猛动物的动作，如"白海青"舞、熊舞、狮子舞、鹿舞等。这些舞蹈大都已经失传，如果还想看到它们的片鳞半爪，只能去与巫术有关的舞种里寻找了。

看蒙古舞，会发现他们的身体动作异乎寻常的柔韧，在节奏不算很快的动作中却饱含着极强的能量。在几个如鹰如雁般的平转、跳跃之后，舞者用泰山压顶般的稳定力量控制住身体，他们的肩、臂和腕这三个在蒙古舞中表现最鲜明的部位，同样充满紧紧攥住的力量，然后再慢慢升起。其时，马头琴随着身体的动作悠然响起，在这一刻，无论是舞者还是观众，都如同置身苍茫草原。

布日古德身材结实精壮，走起路来身影轻盈而有力，跳舞的时候正如他的名字在蒙古语里的意思那样——像一只鹰。观众喜欢他，有他的那几期节目收视率明显升高。剧组的导演对他纠结万分，想捧红他，又担心他进了娱乐圈之后会失去身上独有的特质。布日古德才不管这些，他全身心地热爱着舞蹈，淋漓尽致地演绎着蒙古舞。有一期他在舞台上做一个旋转跳跃之后落地，腰伤复发，但他硬是把动作完成了，谁也没发现，连特写镜头里都看不出来。回到后台脱下上衣，脑袋刚从领口钻出来，一个笑盈盈的女人脸出现在面前，对着他伸出一只纤纤玉手："布日古德，你好。我是J电视台的导演落落。"布日古德裸着上身，脸都红了，他不喜欢握手这种表达友好的方式，尤其是要握着一个陌生女人的手，尤其是那个女人还挺好看。

落落第二天就接到了电话："落落小姐，你好。"那边话风含情话音含笑，可是落落还是听出了几分不善。"落落小姐，《良人来了》不是需要新嘉宾吧？"

"您哪位？"

"我是《舞动春秋》……"

落落声音甜出蜜来了："您是问布日古德吧？放心，虽然我是他表婶，但是挖墙脚这种事，我是做不出来的。"

"放心、放心。落落小姐还在H市吧？一起吃个饭？"

落落吓一跳，下意识地四处张望："谢谢您盛情，可惜这次来得太匆忙，我已经回台里了……"

她也没撒谎，她人的确已经在高铁站了。

来H市，这个决定如此莽撞，查了《舞动春秋》的录制时间就来了。布日古德真容易脸红啊，那样一个威猛高大的男人，面对落落时如此小心翼翼，仿佛眼前这娇小的女孩是一只飞落在他面前的鸟儿。

他也什么都懂，一双清澈的眼睛看她一边把玩高脚酒杯一边诉说；他也有许多不懂，他带着疑惑的神情看向落落时，落落有一刹那的辛酸，让她在一瞬间如此心疼自己。大部分时间落落都在看着布日古德吃东西，他咀嚼的样子认真迷人，有不自知的性感。只有一餐饭的时间，还是以布日古德表婶的借口"借"他出来的。所有参加比赛的选手，晚上都要回到安排好的酒店住宿。

"你找我，有什么事吗？"

"选演员。"落落笑了，为她自己都不相信的借口。

"可是我只会跳舞。"布日古德有点歉疚。

"懂技巧的人太多了，我不稀罕。我只要原生态的气质。原生态，你懂吗？"

"我懂，我不喜欢这个词。"布日古德摇了摇头。

"我也不喜欢。"落落轻声道。

《蒙古秘史》曾记载过在庆典时跳舞的热烈场面："绕蓬松茂树而舞蹈，直踏出……没膝之尘矣。"是不是可以想见舞者甩臂举腿前行，直逼近观众的舞蹈动作？这样的动作让男人显得骁勇剽悍，衣袂飘起时像一团刮过大草原的风。那强悍而矫健的身体撑在蒙古族服装里，显得那样粗犷、豪放，让人情不自禁地联想到他们放牧、狩猎为生的祖先，想起已消逝在时空隧道里的金戈铁马、罡风烈烈。

然后再配上布日古德那张雕塑般的脸。落落觉得自己不自觉地露出了花痴的表情，她的眼神在布日古德身上一寸寸移动。这是个有着兽性的男人，和那些被大都市圈养驯服的男人截然不同。在布日古德舞动的好多个瞬间，落落都觉得自己看到了鹰，或者狼的身影。她涂了薄薄一层桃红色指甲油的纤细手指在桌子上跳动，以期加速的心跳能够平缓下来。

《良人来了》遇到了瓶颈期，收视率总是那么不尴不尬，弄得制片人只得冒着风险动了点手脚，才让广告商相信节目仍然拥有多而忠诚的观众。整个制作团队都士气低落。良人三号唤作青木，人高挑温柔，是如今流行的长腿暖男。他体贴地问落落怎么了，是不是遇到了不开心的事情。落落看着他那张俊秀的脸，心下感慨虽然稍微动了刀子，可是的确够帅啊！为了这么帅的脸，也要重振士气把节目做到最好。制片人看着围在落落身边的青木打了粉底的白皙漂亮的脸，咬着丰满的腮帮子悻悻地道："什么不开心！就是缺少性生活！性压抑！性委屈！性苦闷！"

再去找布日古德，他还是拒绝，"真人秀是什么？真人为什么还要秀？"彼时他已经入围五强，在竞争带来的兴奋下跳得越来越好，如无意外，还会跳得更好。

"不要只为了上节目的事情找我啊。"布日古德有点着急的样子可爱死了。

"好的。"

落落没有意识到，她想邀请布日古德来自己的节目做嘉宾，除了收视率之外，是有私心的。现在布日古德既然不愿意来，也只好想别的办法。

"《良人来了》青木与女导演撞出火花，前女友痛陈青木往事！"

"青木深夜密会女导演，被偷拍怒斥记者！"

"'想找个随时随地能聊天的人'——《良人来了》选手暗讽圈内女星多是花瓶！"

轮番轰炸，连续两周，话题炒作，争夺眼球。

这是个没有绯闻就无人问津的时代，也是个流光溢彩的大时代。

副导演笑得一脸鸡贼："落落姐，这把再不火，徐哥就要自己上了。"徐哥就是制片人，恰好正冲着他们的方向翻白眼。原本也的确考虑过徐哥的，轰动是肯定会更轰动，只是青木"乖暖优"的形象会受到损害。

这一日去S城外拍，收了工，刚一走出门，却见布日古德现身眼前。落落眼睛一亮，接着鬼使神差，在手机上翻出华尔道夫酒店的页面，点击"订阅"。

布日古德一言不发地跟在落落身后。出租车司机教养良好，克制住不从后视镜里看布日古德冰山一样的脸。落落轻轻拍着布日古德的手背。他对S城不熟，这次来也只是因为《舞动春秋》把决战之夜的舞台选在了这里。

电梯里，布日古德终于转过头来，逼视落落。落落有点心惊，嘴角却现出一弯笑意。进了房间，落落关门，布日古德抓住落落的肩膀将她摁在墙上，忍无可忍的样子，却又是想说什么又说不出来，想做什么又做不到的神情。最终从齿间迸出两个字："青木。"

落落知道了布日古德是因为绯闻的事情，不由叹一口气，道："你在这个圈子时间久了就会知道，只是炒作，你懂吗？"

"我懂，我不喜欢这个词。"布日古德不高兴了，他拎起落落甩到床上，用身体重重覆盖上去，先是用唇、后用牙齿恨恨地一小口一小口地吸吮啃咬落落的皮肤，像一匹走投无路的野兽。

"我也不喜欢。"落落轻声道。

落落勾住布日古德的脖子，听见对方的心跳如擂鼓。布日古德的手滑到落落腰间，一只手将她托起，另一只手"刺啦"一声撕开了她的衣服。

"你们《舞动春秋》把你的裸上身照片放到各个网站，不也是炒作收视率吗？"

布日古德停下动作，看着笑盈盈的落落。他眼睛微微发红，而后突然起身走出门去。"Shit！"落落手臂挡在脸上遮住懊恼的表情。她真的，只是想调节一下气氛而已。只是这个良好的出发点而已，而已啊！

真是个初入都市的敏感暴烈的野兽。再也不会遇到的一只野兽。

落落打开电视，娱乐节目在播放《良人来了》的新闻，落落感到一丝欣慰。看着漂亮的天花板，她摸出手机拨出了青木的号码。"不能浪费房费。"她自嘲。

脱了衣服的青木身体白皙匀称，可惜太彬彬有礼，手指触到落落臂上,没有丝毫温度。落落拉青木坐下,叫了水果进房间,开始"研究竞争对手"。

青木有些发愣,落落笑了:"你不会以为我要……哈哈哈。"青木于是讪讪地,陪落落看友台的《舞动春秋》终极决赛。

主持人激情万丈地介绍道:"蒙古族人民崇拜天地山川和雄鹰图腾,因而形成了蒙古舞蹈浑厚、舒展、豪迈的特点。蒙古舞里的筷子舞、酒盅舞、踏巾舞等都各具风味。蒙古汉子的舞蹈炽热、刚烈,如同茫茫草原上振翅高飞的鹰。"

青木看得呆了,不时发出各种语气词以示赞叹。落落眼睛盯住屏幕,她知道,将要出场的是布日古德。

同一时间,鉴于青木过来,一路上看到好几个鬼鬼祟祟的身影,她和青木密会高档酒店的新闻应该也正在被撰写了。

对不起。落落不知道对着哪里表示歉意,这个莫名其妙的歉意。

热烈的，禁欲的

踢踏舞

热烈的，禁欲的踢踏舞

蔡康永在一期《康熙来了》中笑言孙燕姿一首《绿光》就让踢踏舞普及开来。我在之前和之后都见过更为美观的踢踏舞，却一直抹不掉脑海里的印象：剪着利落短发的女孩，纤直的腿伸在短靴里，和伴舞们一起，上半身几乎无动作，只腿部跟着音乐齐刷刷起舞，靴底磕在地板上，发出清脆短促的声音。的确是视觉和听觉上的双重享受。

活泼爽朗的女孩自然别有一番吸引人的地方，正如女孩蒋一平。

在萧瑟秋风里和心爱的男孩说分手，自然是难受的，如果再加上秋雨突降，出租车一辆辆都亮着"客满"的灯，那种糟心的感觉简直是谁试谁知道。

骑着轻型摩托车的蒋一平那么巧救了我一命。她突然而至，将正被雨淋的我解救于水火之中。

毕竟关系没有近到交流隐私的程度，也不好意思发泄一通负面情绪，只好强忍着心塞，边在她家喝着现煮的咖啡，边和她讨论咖啡豆最适合生产的地方。

中间她接了电话，好像和对方意见不合，一来一去争论了几句，那边声音越来越高，我在旁边都能听见，最后发展成完全容不得人插话进去的大吼，蒋一平果断挂掉，骂一句"神经病"。

我吓了一跳，一瞬间没良心地忘了自己的破事儿，问她："男朋友啊？"

她小脸一半隐在黑暗里："我爸。"

《中国好声音》初播时，华少一夜蹿红，朋友说他的精彩之处在于，无论语速多快，也能让人听清楚每一个字。这也是相声"贯口"的要求。踢踏舞的要求有异曲同工之妙，一个好的踢踏舞者，不管是多快的节奏，多复杂的舞步，多轻的声音，均可以做到每一次叩击都能让观众听得清清楚楚。对于踢踏舞来说，最重要的就是节奏是否清晰。有人甚至夸张地说，踢踏舞是一种用来听的舞蹈样式，认为一位伟大的踢踏舞舞蹈家同时也是一位音乐家。据说，在早期的踢踏舞比赛中，评委坐在木制的舞台下面，根本不看舞蹈演员，只需要听他们打击节奏的轻重缓急，就可判定这位舞者的功力。

踢踏舞的英文名称是"Tap Dance"，"Tap"是拍打、叩击的意思。它的正式形成是在20世纪20年代的美国，在这之前，爱尔兰移民和非洲奴隶把各自的民间舞蹈带到了这块移民大陆上，这些民间舞蹈逐步融合形成了新的舞蹈形式，这便是踢踏舞。

看过电影《小叛逆》的观众都会被憨态可掬、天使一样可爱纯真的秀兰·邓波儿和美国传奇踢踏舞者比尔·罗宾逊那几段妙趣横生的踢踏舞所吸引。他们所跳的即是典型的黑人味浓厚的踢踏舞。所谓"黑人味儿浓厚的踢踏舞"，就是会跟着节奏放松，随意地摇摆身体,还会掺杂滑稽搞笑的动作,让人看得心情大好。

在电影史上有划时代意义的好莱坞歌舞片《雨中曲》里,吉恩·凯利在雨中精彩的踢踏舞表演,令人叹为观止,让绵绵不绝的雨也显得不那么讨厌了。踢踏舞就有这种功效,它乐观、积极、生动、逗趣,和着利落、清脆的节拍,给人们带来快乐的心灵体验。

蒋一平学习踢踏舞的班上清一色都是年轻人,只有一位面无表情的大叔,默默地站在教室的最后面认真学习。他学得不快,但是很投入。课间也不和大家交流,不是看手机就是静静地喝水。这样外形看起来颇有魅力又主动划分人际界限的男性不多见,常见的多是相貌能及格,再有那么一点技艺,就会质疑为何天下女人没有都爱上我那类。

一起排练了集体舞,才知道这大叔这么苦练,就是为了岁末在公司年会上登台。蒋一平晃着一头黑亮的短发笑了:"你们公司怎么不找个年轻点的上台啊?"大叔苦笑,又认真地问她,怎样才能提高速度。到后来,蒋一平知道了大叔是公司的掌舵者,年末登台只是为了兑现承诺时,不由在心里啧啧称奇。

我见过"大叔"的照片,一副知书达理、定时运动的中产阶级相貌。只是——

"这么老?"

"大九岁而已。像不像马修·麦康纳?"

"……"

彼时我已知道蒋家爸爸是个喜怒无常、出门是孙子在家是大爷、好巧不巧还重男轻女的空心儿大男子主义者，所以对她居然喜欢上大叔类型的人感到很不可思议。

我换了个话题："不聊这位大叔了。你还不准备回家？"

"不想回。我这么做是不是不对？他再怎么糟糕都是我爸，何况我不回家，留我妈一个人在他的魔爪之下……"

我忍不住揉了揉蒋一平的头。她马上高兴起来。

"我们年终排的踢踏舞接到商演了，这次的演出费快赶上我一个月工资了。"

真棒啊，蒋一平很适合跳踢踏舞，她似小鹿一样的双腿直直离开地面跳动时，让人想起诸如青春、欢快、活泼等等美好的词汇。

"我马上有地方住了，张贞帮我租下了一处公寓。"

张贞就是那个"大叔"。我有了不祥的预感，蒋一平看出来了。

"放心吧，我会保护好自己的。"她一笑，对着镜子开始练舞。

踢踏舞的舞鞋带有特制的铁掌，踏着灵活的舞步用脚尖、脚跟在木地板上打击出多样的节奏。在20世纪20年代，融合了歌舞等表演形式的百老汇表演形式的开创，使踢踏舞得到了进一步的发展。踢踏舞被广泛地运用到俱乐部娱乐、演出、百老汇歌舞以及好莱坞电影等各种场合，成为代表美国的传统民间舞，也成为具有世界影响的舞蹈。它反过来又影响了最初来源的一些民间舞蹈，如爱尔兰舞蹈。

提起爱尔兰，大家想到最多的应该就是踢踏舞了。踢踏舞的确是爱尔兰的国粹。和黑人踢踏舞略有不同的是，爱尔兰舞者在跳踢踏舞时,没有上半身动作,舞者双手自然下垂,贴在髋部,下半身双脚保持45°交叉的姿势。爱尔兰的踢踏舞中,大家最熟悉的应该就是《大河之舞》了,此外,《舞王》《舞之魂》也是优秀的爱尔兰踢踏舞。

蒋家爸爸把电话打到了我这里,大骂女儿多么不懂事,居然抛开了爸爸妈妈住在一个老男人家里,听说老男人还特有钱,这不是被包养了?他给了我一天的时间,让我转告蒋一平,并快点给他回电话。

联系到蒋一平并不困难,她和那个张贞一起来了。我的眼神没什么善意,张贞却表现友好。席间他自然地聊起了离婚的往事,没有抱怨,只有一些反省。他和蒋一平互动默契,蒋一平则显得自然又开怀。我转达了蒋爸爸的忠告,张贞在蒋一平开口之前抢先说,他来送蒋一平回去,跟蒋爸爸解释。

后面的事情我就不知道了。但是蒋一平的表演我总会去看。她和其他舞者一起,数十双修长结实的美腿,以极快的速度,和着令人热血沸腾的节奏,席卷天河,却整齐划一,叩击出的声音从人的耳边直传到心里。这是同时饱含着力与美的舞蹈,除了优美,更重要的还有发自心底的力量。踢踏舞就像舞台上的一阵风暴,是饱和的青春,像万马奔腾。而蒋一平,我看到她坚定的眼神和微笑的嘴角。也许只有在舞蹈中她才会有真正的快乐,但也足够了。

霸道总裁是『神经病』

毛利人战舞

小翠花对爱情有执着的探索欲，文能读简·奥斯汀，武能听"情感专家"说片儿汤话（北方方言，指没用的话），进可天涯社区看婚恋八卦，退可在朋友圈安慰失意人。她年纪轻轻，精力旺盛，是大妈们方圆百里内唯一喜欢的同性，因为她特别有聆听欲："大姐你说，我们女人到底要找个啥样的男的？"把大妈们都乐坏了，接下来的讲述纵横八万里，上下几十年，含悬疑推理、狗血情色、浪漫言情、走进科学于一体，以求缓解小翠花那颗求知奋进的心。

只有我这种"看着她长大"的人，才知道这都是表象。以她出击N次、稍有风吹草动就撒腿跑的恋爱作风，就知道，"嘴上说挑不算挑，横竖不成真龟毛"。哈耶克在《通往奴役之路》里说："个人的教育和知识越高，他们的见解和趣味就越不相同，而他们赞同某种价值观的可能性就越小。如果我们希望找到具有高度一致性和相似性的观念，就必须降格到道德和知识标准比较低级的地方去，在那里比较原始和'共同'的本能与趣味占统治地位。"翻译得易懂点就是"曲高和寡"。当今时代，知识男女找到伴侣的概率大为降低，但是乐观地想，质量想必会大大提高。

然而小翠花不是视爱情为蕾丝花边那样可有可无的时髦女性，她如此渴望着爱情的来临，渴望找到一位相契之人共同和生活战斗，也为了此种目的分别和几位高才生交过手，最终还是咂咂嘴总结一句"没劲"就摇头走人了。饱含真情实感的贬损最损了，还不如高冷的女士能给对方较低的预期，小翠花这种先热后凉的行为简直就是情感欺诈。

可是，她需要true love（真爱）啊！

毛利人战舞，又叫Haka战舞，在各场英式橄榄球比赛前，新西兰球队都会表演此种舞蹈，多人齐动，真真气势如虹！其他的一些体育比赛项目，只要在新西兰举办或者有新西兰队伍参赛的，人们都有机会看到这种土风舞。

这种舞蹈一开始是毛利人在开战前的表演，借此来恫吓对方，所以乐器多为打击乐，节奏生猛，鼓点鲜明。或者干脆不要音乐，人体制造出来的声音就当音乐了。

舞者全身赤裸，露出浑身肌肉，只在腰间围着草裙，脸上文面，口中顿挫有力地高声呼喝，手里多持有武器，用作战舞的道具，整个场面粗犷有力，充满了原始野性。为了表现他们的勇敢无畏，舞者通常用赤足顿地。除了手足动作和发出显示力量的声音之外，他们的面部表情尤其引人注目——眼睛大张，面部肌肉充满恐吓意味，一曲舞毕，舞者会突然张嘴瞪眼，把舌头伸长。今日看来充满趣味，会令人忍不住发笑，可是要知道，这个动作原来的意思是扮演敌人被杀后，头颅被挂在长竿上的模样。总之，就是要挑衅、威慑敌人。当然了，如今的毛利人战舞，已经完全是表演性质，吐舌动作也只有欢迎朋友到来的意味了，也许只有在体育赛事里的战舞表演，才保留有几分强悍。

在多次不顺遂之后，小翠花的情感追求之路就扭曲变异了。她声称自己有生殖崇拜，必须找到纯爷们儿，方能完成心与灵的统一。朋友们都劝她看开些，要承认社会趋势啊。社会趋势就是大家压力都大，都活得不容易，在感情面前也个个如履薄冰，你进一步，试探一下，我再进，步步都透着探听虚实。所以交易性质的舞蹈才流行啊，你看那华尔兹，彬彬有礼，你进我退，一个引导，一个配合。小翠花问就没有大开大合、浅显直露的舞蹈吗？回答说当然有啊！毛利人战舞，就是例子。

再和大妈们探讨的时候，小翠花勇敢地说出了自己的观点，大妈们都惊呆了！只有一位是见过世面的，接话道："你说的纯爷们儿，搁以前就是壮劳力，你呀观念太陈旧啦！搁现在，你的标准就是找个能赚钱的！大妈懂你！"

小翠花沮丧极了。

当欧洲人入侵新西兰时，毛利人被那些白皮肤高鼻子的大块头震惊了，他们称入侵者为"Pakeha（反常人）"，自称"Māori（正常人）"。19世纪初期，他们跟欧洲人交易，购买枪、衣服和许多西方先进的科技产品；欧洲人则从毛利人那儿买地来砍伐开垦。到1840年的时候，毛利领袖们跟英国政府签订条约，新西兰从此合法地成为大英帝国的殖民地之一。他们当然不愿意白白交出自己的土地，毛利人中间有几个族群联合起来，成立自己的王国，反抗英国政府。当然，反抗未遂，这次的敌人没有那么容易被吓跑，但是毛利人为保留自己的土地和尊严而展开的不懈斗争值得每一个人尊重。

这一点也可以从毛利人战舞中体会到。如今，毛利人战舞已经成了一种现代表演艺术，同时也成为新西兰体育界和军队文化的组成部分。正如前文所说，现在新西兰橄榄球队、篮球队、冰球队等运动队与外国球队比赛前，队员都会集体大跳毛利战舞，以助声势。

转了条段子给小翠花，"问：成熟男人的宠溺，天真男孩的撒娇，霸道总裁的壁咚，理科生智商的碾压，star型的光辉闪耀，暖男的红糖水。要哪个？答：成熟男人的撒娇，天真男孩的壁咚，霸道总裁的宠溺，star的红糖水，暖男的智商碾压，理科生就不要闪耀了，绞尽脑汁地写上一封笨拙的情书吧。"小翠花回复："无聊，都想看对方笨拙的一面，看别人的短板才觉得真实，矫情！"隔了几分钟又说："我已经找到毛利战舞者了。"

我简直要拉着大妈们大跳广场舞以示庆贺！

爱情来临，小翠花终于有了倾诉欲。原来，小翠花路过剑道馆，居然看到自己憨厚圆润略微谢顶的同事，同事也看见了她，于是顺理成章地一起回家。好巧不巧，小翠花家里居然灯火通明，且听见窸窸窣窣的声音。小翠花都准备打110了，同事伸出手："钥匙给我。"然后把小翠花护在身后，开门巡查，直到确定是小翠花早上出门忘了关灯……

"你说巧不巧？"小翠花两颊飞红云，"我都怀疑是大妈们安排好的。"

"美剧看多了吧你？"

啧，还说别人爱看对方笨拙的一面，你小翠花还不是一样？人家好好一个研究人员，虽然圆润如团子，可也是文弱书生啊，在你面前一展示武士的一面，你就不行了？

"呃……我也是普通女孩子嘛。"

"以你们双方的家庭，在现在的社会，你俩生活不会很容易哦，他除了搞研究，还能做什么？"

"嗯……他还会木匠活儿呢。"

"……好吧。"

电影《鲸骑士》里那个勇敢、机智的小姑娘颇能体现毛利人战舞的精神，而她的酋长祖父最后终于打破了族群的传统，将衣钵传给她，又何尝不是勇敢的一种体现？勇敢也许是我们人类最伟大的特质之一了。

小翠花的婚宴上，突然出现了一段激烈奔放的音乐，接着五名男人登场，只着草裙，身上涂满了黑油，脸上也贴着刺青，他们手拿长矛，发出震耳的呐喊，一边拍打自己，还做出其他展示力量、威慑敌人的姿势。他们的表演看起来很夸张，来宾们看着他们严肃的脸，笑作一团。小翠花笑得最响，因为正中间那个，就是圆润同事，他知道她最喜欢的舞蹈就是看起来也许很滑稽的毛利人战舞。

"我希望遇见霸道总裁，最好他是个神经病，这样我们就能一起快乐勇敢地迎战生活了。"

熊熊燃烧的孤独

弗拉门戈舞

莫迪利安尼画的女人有着长长的脖子，线条冷硬的五官和四肢，让我总莫名地想到跳弗拉门戈舞的女人。她们身材高而且有棱角，跳舞时，那莫迪利安尼式的长长的脖子高傲地往后仰过去，仰过去……她们的眼睛不愿意看任何一个人，手臂亦高高举起，低头时一个侧身，卷起火焰一样的裙摆。

位于地中海边的西班牙，这个热情而善妒的国家，隔着直布罗陀海峡与非洲相望，比利牛斯山脉阻断了欧洲大陆南下的冷空气，这里的人民的性格奔放而张扬，淬炼出了斗牛和弗拉门戈这两大国粹，评论前者的"血与火的精神"也同样可以拿来评价后者。弗拉门戈舞从何而来？那傲慢的贵族气息和流浪者的不屑一顾结合得浑然天成，令人不禁想到，它和吉卜赛人一定有千丝万缕的关系。而弗拉门戈（flamenco）这个词，由"felag"（农夫）和"mengu"（流浪）组成，这个来源是不是恰好证明了流浪的吉卜赛人是"弗拉门戈"的创造者？

华瑛高挑直板的身影即使在穿梭而过的汽车流里也很显眼，长及脚踝的风衣配上半高跟的鞋子，少有东方人敢驾驭，宽大的丝巾在颈间流光溢彩，冷漠冰冻的脸上却镶嵌着一双炭火似的眼睛，一路上不时引得人回头来看。

她步入一栋写字楼，坐电梯上至21层，走进一家公司，一间办公室门口牌子上写着"Alan Liu"，她推门进去，拎起一把椅子向办公桌砸去，桌子后面的人吓得钻到了办公桌下面，花瓶、水杯、笔记本电脑都成了武器，这间办公室瞬间一片狼藉。华瑛一言不发，昂然离开。一路上无人上前阻拦，除了因为拦不住她的汹汹气势，也多少有看好戏的心情在。平时衣冠楚楚的Alan Liu这会儿头发凌乱、领带歪斜，一副狼狈相，令仰慕他的女员工眼中的光亮都减少了几成。

二十分钟后华瑛出现在一家幽静的咖啡馆，手里的美式咖啡滚烫，对面坐着一个戴着黑框眼镜的姑娘，录音笔打开放在桌子上，脖子里的证件显示她是一名记者。

"男人这种东西，彼此吸引，享受恋爱就好，我又没想过嫁给他，"华瑛对记者很是坦率，"偏偏要玩花招，劈腿还炫耀，仿佛不这样就显示不出自己的魅力来。我不会去管这种无聊的事，除非把我也当笑话和战利品出去炫耀。"

第二天，本城新贵Alan Liu和华瑛因男方不贞而分手的消息通过各种网络在圈子里传开，连某纸媒也不甘落后，不仅大幅报道，而且将问题深入到商二代的行事作风甚至本城本土企业的气质、品格上，也是够狠。

晚上回家，华瑛发现自己的房间有人来过，又收到一条短信，告诫她不要太过分,将妇人的小事情搅和进男人的大问题上。华瑛立刻报警,又转手将短信发给记者,声称若她出任何意外,一定是Alan Liu所为。又有女权组织就此事发声,抗议男性用"大小问题"歧视女性。随后情感专家也进来插一脚,称部分人群对感情的不尊重是导致这个时代婚恋关系畸形和低质量的重要原因。

至于Alan Liu,有脸有钱,在这个女性本就莫名其妙地缺少自信的年代,在情场自是一帆风顺,可惜偏偏遇见华瑛。

15世纪中叶,大量吉卜赛人、犹太人和摩尔人为了逃离基督教统治者的迫害,流亡到西班牙南部地区,这正是弗拉门戈形成的土壤。正因为如此,弗拉门戈艺术中有大量的悲愤、抗争、希望和自豪的情绪宣泄。或许弗拉门戈永远摆脱不了流离失所的哀伤和对生命无常的清醒认知,而西班牙南部的红色土壤又为弗拉门戈滋养出了热情和活力。这样一来,从弗拉门戈诞生的那一天开始,就烙下了悲怆和激情两种矛盾而又纠缠的基调。事实上,这也是弗拉门戈的两种代表性风格。最初弗拉门戈只有清唱,后来又加上了吉他、有节奏的拍手或脚步的踢踏动作,并配以舞蹈。19世纪,吉卜赛人开始在咖啡馆和酒馆里跳舞,并以此为业,弗拉门戈一词最开始就是用来称呼他们当时的音乐和舞蹈的,这段时期也是弗拉门戈发展的黄金期。

今天的弗拉门戈表现的是一种西班牙式的特有热情。男舞者穿紧身黑裤子,长袖衬衫;女舞者则把头发向后梳成光滑的发髻,穿下摆宽大的裙子,袒露颈项和双臂。至于表演者的年龄,由于弗拉门戈舞蹈源于现实生活，年轻的未经世事的男女很难展现出弗拉门戈的精髓，故而中年的舞者最为合适。

华瑛初识Alan Liu，两人就开车在江滨大道上奔驰了一整夜。呼啸的风声和迅速后退的景物点燃了华瑛的冲动，到达大道尽头，她和Alan Liu在*Night In The South*那急促动人的吉他声中起舞，每一个旋转都和江风纠缠在一起。时间太快，人类的头脑已经进化到一个前所未有的地步，而身体的发展却是缓慢的，唯有在舞动时才能弥补这一遗憾。他们二人相拥着哈哈大笑，那一刻的快乐是真实的，对彼此的喜爱也是真实的。

"我爱你。" Alan说。

"我也爱你。" 华瑛欢快地回应，手指抚过后者高高的眉骨和线条明晰的嘴唇。

"我不信。" Alan故意道。

华瑛将嘴唇凑了上去，身体的粘连可以最直观地传达情感的浓烈。

林达在《西班牙旅行笔记》里写弗拉门戈舞的女子舞蹈，"那是一种饱经风霜后的自信，是一种历经世态炎凉之后的洒脱，是一种就算痛苦我也没打算哭给你看的骄傲，是一种你不讲理也别指望我会讲理的逻辑，是根本没打算和任何挑衅一般见识苦苦纠缠的格局。""弗拉门戈舞表达的爱情，是看透了这个世界然后说'好，我陪你玩'的姿态。……她只是在男性的优势面前要炫示我不比你弱，那不是洞彻人性弱点后的进攻，那是源于自卫的出击。……它是吉卜赛的树林，是小酒馆的微醺和大醉，是卡斯蒂利亚多石的山，是安达卢西亚强劲的风，是西班牙不灭的灵魂。"

的确，弗拉门戈的舞者，冷漠的表情里透着强悍。他们总是皱着眉头，脸上没有半点轻浮或者讨好观众之意。他们的舞步和动作看起来目中无人、倨傲凛然，而快节奏地舞动起来时又炽热如火，燃尽热情。对于弗拉门戈舞者来说，尊严、优雅和技巧同样重要。在弗拉门戈艺术中，卡门、疯女胡安娜、阿拉贡的凯瑟琳等艺术形象对爱情的执着和疯狂都为世人所称道，她们的特点代表了弗拉门戈，反过来，类似《卡门》这样的题材，除了弗拉门戈，还有什么舞种能演绎呢？

人们多想把生活过得像一场弗拉门戈舞，伴着节奏感极强的脚踏和鼓掌声，一举一动都高亢而凄美。对一切不重要的事情置若罔闻，在舞台上昂首挺胸，肆意为之。可惜只剩太少勇气以及太多安稳生活里培养出来的懦弱与贪婪。

孙小慧单枪匹马找到华瑛，揭发了刘先生的真爱是她这个事实，发表了她非刘先生不嫁这个声明，预测了华瑛这样下去只会落得伤心这个结果。华瑛好笑地看着她，不明白这个女孩子的逻辑在哪里。让她离开刘先生又不等于阉了刘先生，刘先生还是会进行别的勾搭行动啊——事实证明这并不是一个在爱情里自律的人。

刘先生并不能满足华瑛热烈的情感，Alan Liu目前只能靠消耗金钱来博华瑛开心，他们二人感情的温度不一，看来并不是一类人，今后的节奏大概也不会一致。眼见着二人感情池里的潮水很快退尽了，这一点让华瑛觉得有几分无味。至于劈腿孙小慧这种事，华瑛原本也不在乎。

几星期没有联系刘先生，他倒是急了，打电话过来约时间见面，华瑛听他言不及义地表露情感，心里觉得好笑，又觉得浪费时间，就提出分手。

"别来缠我，坦白讲，我也已经不爱你了。大家都是有面子的人。"听华瑛撂下这句话，刘先生张开的嘴又合上了。

事情的发展超乎人的想象，世人的讨厌之处除了不遵循逻辑，还有就是爱把事情弄得复杂。华瑛最讨厌事情变复杂。于是当孙小慧又来找她，诉说刘先生情绪低落对她不再热情时，华瑛简直惊诧莫名——这种事情，找警察都不该找她啊。

直到下一次，孙小慧又来，说刘先生有抑郁的倾向。华瑛心底一片良善，去见了刘先生，安慰了一番，照顾了一天。刘先生眼中竟又起希望之色，华瑛笑吟吟地坦白告诉他，他们之间不可能藕断丝连。"坦白说出心里话"这一点，世人都要学习。

一段弗拉门戈舞中，一开始舞步缓慢，男女舞伴用头和手臂舞出各种优美而傲慢的姿势。随着音乐逐渐变得急促，舞者们的脚步也如狂风骤雨，步子里是西班牙人的热情，也是吉卜赛人的流浪苍凉；有欧洲的华丽，也有美洲的奔放。突然，吉他弹出了最后一响，舞蹈者亮出优美的造型，一切都戛然而止，刚才的热情和对抗，游移和战争，都结束了。

  提到弗拉门戈舞蹈艺术的发展，必须要提到它的音乐。弗拉门戈吉他领域的传奇人物帕克·德·路西亚，生于1947年，以极为高超的演奏技术和多产的音乐专辑著称，被称为"弗拉门戈之神"。在1968年到1977年间，他与同样传奇的弗拉门戈歌手卡梅隆·德·拉·艾斯拉合作了10张经典唱片，使得他们成为弗拉门戈史上最为强悍的搭档。卡梅隆·德·拉·艾斯拉（1950—1992），是西班牙历史上最伟大的弗拉门戈歌手，他的声音深邃而奔放，具有很强的穿透力，高超的演唱技巧把弗拉门戈音乐推到了一个新的高度。有兴趣的读者可以找来一听，或许能更深地感受到弗拉门戈艺术的魅力。

  承认失败不是刘先生的作风，他口称华瑛是他近三十年第一次遇到的真爱，求她给他机会。他也怕华瑛不会答应，于是一边又去继续示好孙小慧——爱情里一个成了备胎，另一个存在的意义也是"准备被取代"。不知道出于怎样的心情，他和朋友夸口，两个女人都会被他轻松搞定，几句甜言蜜语就行了。为了他的脸或者钱（关于这一点，女人一般都觉得别人迷的是她的脸，男人一般都觉得别人迷的是他的钱。好像人生就没别的了一样），两个女人围着他团团转。为了打破这一谣言，华瑛才主演了开头那一幕——她也是不得已。

  世间许多事都因为无意义而显得那么可笑，可惜生而为人又不能置之不理。真是浪费生命啊。华瑛给自己倒了一杯酒，往碟机里塞进去一张CD，弗拉门戈的吉他声在夜色里一串串响起。

当今世界著名的表演艺术家布兰卡·李说："我爱弗拉门戈，因为它是孤独的。"吉卜赛人应该也会这么想吧。看了历史，看了人生，就知道其实一个人只能是一个人，从开始到结束，一具肉体包裹着一副灵魂。就像弗拉门戈，在舞台之上，心中眼里只看到自己，让那恣肆的华美紧裹着高傲的、无人能懂的孤独，台下潮水般的掌声也无法将舞者从孤独中迎出。——总得有这样熊熊燃烧着透彻的孤独的高傲的人类存在，她们让如你我这样的高级哺乳动物显得不那么庸俗。

爱情是颗
慢镜头下的子弹

伦巴舞——Rumba

伦巴舞——Rumba

爱情是颗慢镜头下的子弹

有没有功底、受过的训练够不够正规——一句话,到底会不会跳伦巴舞(Rumba),只需舞者摆出几个pose(姿势)就能看出来。肩膀不平、脊柱不直、脚背不弓;肩胛骨不会习惯性下压;背部肌肉死寂一片,不懂用力;胯部平整撕不开;脚掌无力,只是松松地搁在地面上;膝盖不紧,身体无拧转;身体不下沉压地板同时上拔够天空;身体肌肉松垮无力,呈懈怠状态;甚至不收下巴,不目视远方……表现出任何一样,都会暴露"业余"的本质。带着"业余"的本质跳伦巴,只有一种结果:丑。至于美的例子,大家大可以找来拉丁舞巨星斯拉维克和安娜的视频来欣赏一番。

身材像娇小版碧昂丝的彤老师总是把头发梳得溜光,露出光洁的脑门,长睫毛笼罩着深邃的眼眸,上身着紧身伦巴练功服上衣,下身只穿一条四角短裤,绷着因长期练习伦巴而变得紧实上翘的臀部,这是为了方便给学生展现腿部动作。会不会太暴露?当然不,专业的伦巴舞者都会穿上一条拉丁舞专用的深色渔网袜——成片的死白的肉露出来一定不好看,这样才显得双腿更直更紧凑,更结实有力,像小鹿或者马儿的腿。腰间系着有长长流苏的腰带,可以清晰地看出身体拧转的方向和角度,当然也增添美感。

"好的伦巴舞，一场跳下来背部肌肉是会瘫痪的，"她吓唬学生，"跳了十分钟肌肉都不酸，还练个什么劲？去跳广场舞好了。"

爱跳广场舞的千万别觉得委屈，彤老师唯一能放在眼里的是芭蕾。"小时候有芭蕾舞打底子的当然不一样，其他舞种嘛……"她嘴角一抿，露出一个笑，这个笑看得人十分不爽，那里面包含着赤裸裸的不屑。

伦巴起源于非洲黑人舞蹈，流行于拉丁美洲，后在古巴得以成形和发展。和其他许多舞种一样，今日看起来性感缠绵又高雅的伦巴舞，同样产生于日常劳作。当初劳动的黑人头顶大筐搬运重物时，要求上身平稳，走起来身体的力道要上压、下顶，挤压身体中段，形成臀部自然的摇摆。因此，跳伦巴舞时，要求保持脊椎直和两肩平。又因为那时的路面不像今日这般平坦，时常还要涉入泥地，此时要保持头上重物的平稳，就要在出腿时控制住大腿以上的部位，也要控制住大腿和小腿的肌肉，用脚尖探路，再把脚掌和脚跟踩下去。这些动作发展到现在，就形成了非常优美的舞步。伦巴给人最大的误会就是要"扭屁股"，开玩笑，当是地下舞厅呢？伦巴舞里，臀部的摇摆是由于重心的转移自然形成的，那股力量是身体的内部在用力，是一股内存的韧劲。

除此之外，对伦巴舞的另一个误会就是觉得伦巴跳起来很"慢"。伦巴的节奏为"快快慢"，快步一拍一步，慢步两拍一步。它快慢对比强烈，动作收放之间的对比形成了巨大的冲击力，能够表现非常炽热的情感。它的出脚动作迅捷，无论快步或慢步都是半拍到位,而臀部的摆动则是快步占一拍,慢步占两拍。在伦巴舞步四拍走出的三步中,每步都是半拍脚步到位,而臀部则是连绵不断地左、右摆动。这种上、下、慢、快矛盾统一的运动,形成了伦巴舞独有的动律。

彤老师最讨厌自己热爱的舞蹈被人误会,所以挑选学生很是严格,班里最优秀的一个学生年近六旬,令其他班的老师惊叹。退休干部姚阿姨,她时间足,有毅力,又好学,除了体能外,其他都不比年轻学员落后,甚至还要好一些。

课间休息时她也是安静地坐着,最多和同学们聊聊哪家卖的舞蹈装备性价比高,让人觉得奇怪,大妈竟然是这样的吗?怎么还会有这样的大妈呢?——甚至,她看起来很独立的状态,不会还是单身吧?

后来一个应届生课后在换衣间边换衣服边抱怨实习的不顺遂,对未来的工作感到迷茫,姚阿姨顺口举出了她女儿当初的例子,我们才知道,喔,原来她有个女儿。另一个阿姨瞬间热心了起来,问姚阿姨女儿的年龄、收入,甚至身高和长相,问姚阿姨为什么不把女儿留在身边,跑去大上海这种地方,管都没法管。姚阿姨懒洋洋的:"她啊,生的时候比我们好,过得也比我们好,轮不到我们为她操心啊。"周围几个人都惊呆了!国产电视剧里的、网上的阿姨不是这样的嘛!

偶尔有位大叔来送姚阿姨上课,看眉眼间,应该是恋爱状态,问姚阿姨,那是你老公吗?答曰不是,是男朋友,老公早离了。"我们这代人观念腐朽,等女儿上了大学才离,怕给女儿造成伤害。其实女儿早就觉得压抑，说我们不如早点离，爸妈依旧是她爸妈嘛，这点又不会变。"周围几个人又惊呆了。

伦巴（Rumba）在1960年和恰恰（Cha-Cha-Cha）、桑巴（Samba）、牛仔舞（Jive）、斗牛舞（Paso Doble）等几种拉丁舞一起成为世界锦标赛项目，它高度的艺术性和技巧性得到了官方肯定。因为比赛的竞争性，拉丁舞的技艺提升得越来越快，欣赏起来也越来越好看，所以愿意学习的人也越来越多了。而伦巴又是拉丁舞中的经典，是公认的"拉丁舞的灵魂"，是每一位学习拉丁舞的人首先要学的舞种。据传最初它表现的是离开故土的黑人缠绵忧思的思乡之情，发展到现在已经演变为爱情之舞。

那二人之间浑然一体的气场，让每一次分开都会回到圆满——即使是以一拍三圈以上的速度旋转出去（同时保持双腿笔直并紧）；那男女之间的张力和互相支撑，并不耽误各自身体的无限上拔、脚掌的钻入地面，让彼此都显得那般修长、有力、挺直、紧凑；那身体制造出来的偌大的空间感，让一对舞伴游弋在他们营造出的小世界之中，又泼洒在遥远的天际——即使场地面积不算很大；慢的动作柔韧得像要把身体挤压拧转成一条毛巾，快的动作瞬间爆发，同时不忘记脚踝的力量、背部的力量、臀部的挤压、肩膀的下沉。

这就是伦巴，深沉，缠绵，它的节奏毫不轻佻，却也丝毫不失强韧，那是身体内部的力量，被收纳隐藏在每一个动作之中，如同慢镜头下看到的子弹，缓缓前行，爆发力惊人。

送姚阿姨来上课的大叔不来了，另外一位阿姨叹息："现在的男的啊，都喜欢小姑娘。"姚阿姨声音丝毫不张扬，对我们解释："他想和我结婚。我这个岁数了，可不想再伺候男人了。而且身体还没我好。"有年轻的姑娘笑话她："姚阿姨你好现实。"姚阿姨笑了："男人要求女的年轻、漂亮、能生、最好能生儿子的时候可没人说他们现实。"另外一位阿姨插嘴："难不成你想找个年轻漂亮的？"姚阿姨笑了："如果有机会的话，当然想啊。"周围的人又惊呆了！

另外一位阿姨都生气了，总结说："妈妈这个样子，怪不得女儿老大不小了还不结婚。"

再上课时彤老师强调："伦巴是缠绵的，同时也是自信的。它的情绪都隐藏在每一个动作之中，虽然不舍，但是也不会沉浸在失去之中久久无法自拔。"

"来，和舞伴试试看。"

大家都有点羞涩。

彤老师使出了撒手锏，她亲自和男学员搭舞，又找来一位倍儿帅的男老师来带女学员。女学员们兴奋又不适应，磨合了好久才略显出样子来。

"我不懂，"彤老师说，"为什么夜店里的舞蹈，搂搂抱抱的，女生都不害羞；现在我们需要表现出缠绵的爱情，大家却这么害羞呢？"

"姚阿姨做示范！"彤老师怒了。其他学员略带不服地站在了一边。

男老师给出一个力量，姚阿姨随之改变身体拧转的方向，眼睛和对方对视、交流，与之相比，身体的动作反而显得是次要的了，虽然伦巴的重点当然是身体动作。合着缠绵的节拍，姚阿姨在男舞伴的引带下，旋转、后仰、双足立起、重心后坠。在每一个快速停顿处戛然而止，展示出一个和节奏、和音乐相契的姿势。

他们的身体在音乐之中，随着音乐流淌。他们二人之间仿佛有了某种离心力，让他们无论以怎样的站位来表演，都令人觉得浑然一体。

"看见没有？"彤老师道。

看，看见了。但是，谁敢这么爱啊！尤其是，谁敢这么把镜头放大、时间拉慢地爱啊！谁有这么强大的内在啊！

有多少女人喜欢伦巴是因为伦巴的服装？单层的、多层的流苏；舞鞋上、舞服上的钻；晃动的、有垂坠感的珠管；用作装饰点缀的羽毛、亮片……比起其他拉丁舞种的表演服装，伦巴舞服还多把裙摆拉长，这样在行走时，双腿蹚过裙摆，更增加了流动性，而腰臀部的紧裹，让身体的每一个拧转都能很好地被展现出来。

男士的伦巴舞服与拉丁舞其他几个舞种仿佛无太多分别，高腰长裤，舞动时裤脚快速擦过舞鞋，裤腿绷住肌肉结实的大腿；胸口深V，有时会镶钻或者亮片。在做有男性独特韵味的展示时，可以让整个人显得十分挺拔、值得依靠。

就如姚阿姨，即使是练功裙，也一定要带流苏或者鱼骨，头发梳得干干净净，腰间束着宽宽的腰封——除了视觉上的美感，更有锻炼腹部力量的作用。

她总是乐在其中。

然而她有一段时间不来上课了,看微信朋友圈,是出门旅游了,欧洲几国,墨镜丝巾,兴致盎然。还顺便去了英国黑池,把一帮热爱拉丁舞的羡慕坏了。

黑池这个翻译很是直白,英文名Black Pool,这个城市有延绵七八里长的美丽海滩,精致典雅的旅馆、霓虹灯闪烁的游艺厅、奇形怪状的酒吧临海而立,被称为英国的拉斯维加斯。不少人第一次知道这个戏剧性的小城是从日本电影《谈谈情,跳跳舞》开始的,电影里岸川舞老师折翼的梦想就是去黑池参加国标舞大赛。

的确,对于世界上所有热爱拉丁舞的人们来说,黑池就是拉丁舞者的圣地。

黑池于1920年创办了全世界最著名的舞蹈节,它每年五月举行,除了为期七天的国际标准舞锦标赛外,还包括了大师班课程、世界性国际标准舞会议、舞蹈服装以及舞蹈用品汇展等。以"英国"冠名但却面向全世界的公开锦标赛头衔(The British Open Championship)更被誉为世界上国际舞中的最高荣誉,其威望甚至超过以"世界"冠名的锦标赛。

姚阿姨这日子,真滋润哪!

岁末年会上,彤老师规定大家可以携伙伴参加,姚阿姨带了一位年纪略轻的男舞伴——也在意料之中。在表演的环节,二人跳了一曲伦巴。他们选的曲子是《因为爱情》。曾在英国黑池舞蹈节职业新星组拉丁舞锦标赛中获得冠军的中国选手赵亮也曾与前搭档高雪一起演绎过这首歌,曲调婉转缠绵,很适合东方人演绎。

他们对速度的控制让彤老师连连点头。——为了让伦巴的动作显得更加纠缠,让最后的加速显得更加有冲击力,技术好的舞者会把一步一拍的时间延伸至一拍半,甚至一又四分之三拍的时间,因使用了下一拍的半拍甚至四分之三拍的时间,舞者多了延伸,身体有了更多的时间来展示,可以将观众引领到舞者营造出来的"剪不断,理还乱"的情感之中;相应地,在少了半拍甚至少了四分之三拍的下一个动作的速度则必须加快,以满足合拍的要求,这就对出脚时间、身体是否能短时间内拧紧提出了很高的要求。——所以,年轻的学员尚不敢如此,姚阿姨居然敢?!

他们完成得并不完美,然而结束之后赢来了一片掌声,就连关心姚阿姨女儿的那位阿姨也不开心地拍了几下巴掌。

"心中没有爱情的人,跳不出伦巴。"彤老师说,"心中只有呼啸而过的爱情的人,也跳不出伦巴。"

那是缠缠绵绵牵牵、寻寻觅觅戚戚的舞种,将爱情放大又放慢,不是被其击中,而是与其合二为一,彼此携裹的身体在美丽的舞服里摇曳,美丽的舞服自然也有它的伴侣,那就是伦巴舞曲。

看我，别看我
‥‥‥‥‥‥‥‥‥‥‥‥‥‥‥‥‥‥‥
中国古典舞

对于国人而言,如果说有一种艺术形式能让你瞬间穿越回衣袂飘飘、峨冠博带的古代,那一定是中国古典舞。中国传统文化中,乐舞是非常重要的一部分。相传存在于黄帝时代的"云门舞",反映唐朝历史的电视剧里常常会出现的"霓裳羽衣舞""胡旋舞""飞天舞""凌波舞",电影《十面埋伏》里的"鼓舞"……都以不同的特征表现着中国古典舞的风姿。当然,如果看过专业舞者的演绎,那么大部分影视剧里的中国古典舞作品只会让人觉得是个笑话。

我认识贝儿姑娘已有十年,十年前我帮一所艺校打杂,有天夹着一堆资料匆匆赶去办公室时,这姑娘一个侧手翻从我身边掠过,裙裾带风。我受惊不轻,看着轻稳落地之后一身素色练功服的贝儿姑娘。对方带着愧意对我笑笑,掩饰不住兴奋之情:"对不起……我被录取啦!"

被这所艺校录取在大多数人看来并不值得这么兴奋,它不是什么牛气哄哄的学校,就业情况也不令人乐观,除非我忘了——它是免费的。像我这样势利的人,和朋友在路上看见了皮肤好、眼睛亮的少男少女,总会在称赞之余补充一句:"一看家里条件就很好。"这其实是承认了当今社会一个人的外在气质能被金钱烘托出来。贝儿打破了我这一势利的习惯,她皮肤好、眼睛亮,却为着被一所免费还有些微补助的学校录取而开心。只是她骨骼比起同龄人稍显细了一些,这样看起来胳膊、脖子、腿更长,脸也是巴掌大,加上羞怯怯的内敛的眼神,我在想她适合跳哪个舞种……应该是中国古典舞。事后一打听,果然如我所想。

学校伙食不怎么样,还打着"清淡"的旗号,贝儿却从未抱怨过,除了偶尔去校外代课来赚点钱,几乎从早到晚泡在练功房。我问她演出比代课轻松一些,怎么不去,贝儿说代课要备课,要思考如何教好学生,尤其是零基础的学生,逼着自己不得不学习;表演只是消耗自己,而且外面业余的表演没什么技术含量,赚那个钱不划算。

我觉得,贝儿在艺校待不久了。

《惊鸿舞》《点绛唇》《爱莲说》《梅花三弄》……听着这一个个充满诗意的名字,就足以想象中国古典舞是何等的醉人了。舞者在配合到位的灯光、布景之下,穿着或华美飘逸、或素雅飘渺的充满了中国风的舞服,在琵琶、二胡、洞箫、古筝等中国传统乐器的演奏声中展示着自己婀娜的身段、飘洒的长袖,真真是"踯躅徘徊,振迅腾摧。惊身蓬集,矫翅雪飞",又"翩若惊鸿,婉若游龙……若轻云之蔽月……若流风之回雪"。

除了"美美美",戏剧化也是中国古典舞的重要特点。比起其他舞种,除了技艺的展示,古典舞更有戏剧情景的引导。不同的音乐一响起、不同的舞服一上身,舞者扮演的就是不同的角色,表达的就是不同的情绪,展现的就是不同的性格。每个人的心里都澎湃着浓重的表演欲,这也是古典舞能深深吸引观众的重要原因吧。那腾挪跳跃的,那飘飘摇摇的,在一瞬间,仿佛成了自己。

也无怪乎在20世纪50年代,中国古典舞作为一门学科正式创立时,一度被人称作"戏曲舞蹈"。

其实,翻看各国的戏剧史都能发现,戏剧起源于歌舞。有戏曲史学家认为宋元以来的中国戏剧就是从舞蹈发展而来的。戏曲艺术综合性的表演特征,源于古代传统歌舞艺术在各历史时期呈现出的不同形态,如周代的散乐,汉代的"百戏",隋唐的"九部乐""十部乐""大曲",宋代的"队舞",等等。举个例子:汉代女乐表演的《盘鼓舞》,"其少进也,若翔若行,若竦若倾,兀动赴度,指顾应声",颇似国剧中赶马跑圆场的走法,又要快,又要稳,既像将倾,又像高飞;尤其是一举一动,都必有锣鼓随之,板眼节之;手一指、眼一看、足一抬,永远得同歌声相合。而且古典舞和戏曲一样,除了技艺,更注重情感的表现,"修仪操以显志兮,独驰思乎杳冥。在山峨峨,在水汤汤,与志迁化,容不虚生……"

除了舞蹈技艺上的美,除了戏剧化,一动一静、一笑一颦间能如此打动国人的心,自然是因为符合中国传统的哲学和美学思想。无论社会发展到何种地步,看到展现得十分美好的中国风,仍然会心旌摇曳,这就是传统的魅力,那是我们的来处,融合在代代相传的基因之中。

中国古典舞外部形态以"圆"为主,表演规范讲究"精、气、神"。中国传统文化向来讲究"求圆占中"——以人体的小宇宙，来体认无限的大宇宙。而古典舞正实践着中国传统美学阴阳辩证的学说：高超的舞蹈技巧自不必说，丰富的情感体验和超乎寻常的创造力与想象力等结合在一起，以心中之情，带动体内之气，化为人物之神，达到意气统一、形神兼备的境界。这"精、气、神"合一的表演规范，体现了中国传统艺术精神的审美品格。

贝儿很快入了校队。校队一群人可都是学校的精英，贝儿自然更加刻苦，压胯压肩推脚背，下腰小跳大踢腿，睡觉时把脚绑在耳边，吃饭时劈叉坐在地上，一大早进练功房，一件练功服很快都会湿透。练习累了就看书，全是唐诗宋词元曲明清小说，当然多是上述作品的衍生读物，毕竟，贝儿她们这些学生的文化课只能说是一般，但是，她一大早背汉赋这事儿更是把我们惊到了。学校食堂饭菜一般，贝儿又不出去吃饭，也是因祸得福，又省钱，又保持了身段的苗条、轻盈。我和老师偷偷八卦她："多少年没见过这么用功的学生了。"又好心建议："今年的奖学金是不是还给她？"

因为长期"自虐"般的练习，贝儿的身体线条更加修长，着中国风的舞服，美不胜收。说实在的，贝儿的元宝跳真是太美了，整个身体在空中形成一道完美的弧线，小腿肚碰着后脑勺。"踹燕""探海"等动作更是美不胜收。身着练功服尚且如此，表演服一上身，在水袖、绢纱的衬托下，更是令人如痴如醉。

元稹在《和李校书新题乐府十二首》里有这样一句："骊珠迸珥逐飞星，虹晕轻巾掣流电。"我们都觉得，用来形容贝儿的舞姿，真是再妥帖不过了。

这是一个人才不容易被埋没的时代。有电视台邀请贝儿去做嘉宾，有通告费，又可大大扩展学校的名声，贝儿同意去了，之后几乎每个月都有邀请函。人人都愿锦上添花，凑一凑这光鲜的热闹。贝儿的父母高兴极了，怂恿贝儿抓住时机："名利名利，有了名就有利，我老×家要翻身咯。"这是穷人朴素直接的思想，却颠扑不破。

贝儿拒绝了经纪公司，却拒绝不了北京来的夏侯老师。夏侯老师自称五代十国流亡贵族之后，一心痴爱中国古典舞。而贝儿这样身、韵合一，眉宇间又不失文化气息的舞者，实在少见。在这样的小地方、小舞校待着，太浪费！夏侯老师邀请贝儿北上，承诺一应花费不劳贝儿承担。贝儿可不愿意就这样离开母校，可是她没有料到，母校却比她更开心，"我校学生被夏侯老师看中并执意要收为关门弟子"的大横幅都拉了出来，高高挂在校园林荫道的梧桐树上。夏侯老师多聪明的人，同意了"关门弟子"的说法。反正关不关门的，不都是教吗？

而后就是报纸电台频频发文，贝儿父母也得以在寸土寸金的版面上露一回脸。这事儿水涨船高，以我等的智商阅历，也实在想不出能给出什么建议了。

中国舞蹈的起源远在文字出现以前，毕竟肢体的律动一定是早于文字的发明的。据考证，早在新石器时代的仰韶文化时期，我们的先民就已创造出了有乐器伴奏、动作相合的舞蹈。在商周时期，舞蹈曾被分为"文舞"与"武舞"两种，文舞执羽，武舞执干（"干"即古代兵器）。不难想象，执羽的文舞必是轻盈柔美，执干的武舞，必是粗犷、豪放的了。

每种舞蹈都有其特定的相匹配的音乐，中国古典舞的音乐更是浸透了我们民族的基因，那是从石器时代一路沿袭下来的审美，节奏为弹性节奏，点线结合，或是紧打慢做，或是慢打紧做。因此，中国古典舞的动作里的刚柔、动静、缓急、收放、吞吐、抑扬顿挫、点线结合等，都有我们特定的韵律感。

具体到舞蹈动作中，提、沉、冲、靠、含、腆、移等动律元素贯穿始终。中国古典舞中的旋转，和别的舞种有很大的不同，它是身体形态在拧、倾的舞姿造型上的转，是在上下身成子午相的基础上进行立体构图塑造形象的，所以动作显出婉转中的修长，急带腾空中的延续，以及旋转螺形的变化。

翻身更是我们得天独厚的民族技巧。它以腰为轴，身体在水平线倾斜状态下翻转。动作自始至终贯穿着拧、仰、俯和旁提的形态。

中国古典舞中的弹跳，在用力的方法上要求轻、飘，速度快，"发力在根，用力在梢"，讲究的是一个"寸劲儿"。

电视剧《乡村爱情》里饰演小蒙的王亚彬就是位优秀的古典舞舞蹈演员，比较有代表性的作品有《扇舞丹青》，另外她还是《十面埋伏》中章子怡的舞蹈替身，大家不妨看看她的表演视频，感受一下中国古典舞的魅力。

再次见到贝儿，是在电视荧屏上，那是一个善于拍马逢迎的节目，把每一位嘉宾都捧得毫无瑕疵。贝儿上来，所有人都眼前一亮，她气韵太好。古筝配乐，编钟的声音点缀其间。贝儿一个动作的走向分明是往左，突然又急转直下往右，下一个动作本要往前，却倏忽突变向后。这种中国古典舞特有的"反律"让贝儿的动作千变万化，显得扑朔迷离、瞬息万变。既然是"秀"，贝儿一定是要炫技的。她的翻身动作无须担心，一个"探海"再加一个"蹁腿翻身"，手中的长袖"咻"地冲出。那袖，那人，从每一个角度看过去，都是完美的弧线。那弧线连绵圆润，然而动作却急如闪电。最后的那个"串翻身"，像车轮滚滚，引发掌声如雷，当真是"乱云低薄暮，急雪舞回风"，又是"繁弦奏渌水，长袖转回鸾"，古人诚不我欺！

音乐落下，贝儿的身体也静止不动。透过电视屏幕都能有这样的感染力，现场观众一定感触更深。我们对她自然是放心的，基本功太好，脑子又太灵。只是依稀看到她眉间一抹忧郁，也许是表演必需吧。

再次见她，又是一个选秀节目，她舞台感好，却无太多竞争之心。现在的观众反而喜欢这种如莲如水的静。那真的是"小垂手后柳无力，斜曳裾时云欲生。蟢蛾敛略不胜态，风袖低昂如有情"。贝儿"宫腰束素，只怕能轻举。好筑避风台护取，莫遣惊鸿飞去。一团香玉温柔，笑颦俱有风流。贪与萧郎眉语，不知舞错《伊州》"，在舞台上一派旖旎柔情。舞者贝儿的角色娇羞不胜的模样，让每个评委都给出了高高的分数。

选秀之后，贝儿人气又见涨，出来进去，已经是夏侯老师亲自迎送。贝儿愈加消瘦了，舞动时不是"从风回绮袖，映日转花钿"，而是"惊鸿宛转掌中身，只疑飞过洞庭春"了。

再之后，是听同学说贝儿父母一家人喜气洋洋，说是要搬到北京去住。北京？那居大不易的地方？又迅速听到消息，说是夏侯老师到贝儿家向贝儿求婚，做出了种种承诺，贝儿父母很开心，已经替贝儿答应下来了。

我们面面相觑，夏侯老师本人吗？还是，他儿子？

——对，是夏侯老师本人。

"贝儿，你喜欢他吗？"

"我不讨厌，我只知道夏侯老师知识渊博，有学问，很儒雅。"

……这点我们都知道，可是那是作为老师的特质；作为爱人的特质，是要用到另一些形容词的东西。

"你爱他吗？"

"什么是爱？"

是了，贝儿一直在舞蹈之中，她未曾懂得男女之爱。也或许她爱的，迄今为止都是舞蹈而已。

我很尊重夏侯老师，也不认为对相爱的人来说，年龄、性别、贫富……是什么问题。可是仍然不免升起一种惋惜的感觉，不知源于何处。

中国古典舞，是我们传统文化的标志和凝结，只是用具体的舞蹈这一艺术形式展现出来。美学大师宗白华认为，在中国传统的绘画、戏剧及书法艺术里，"都贯穿着舞蹈精神，由舞蹈动作显示虚灵的空间"。

对于今天的中国古典舞来说，舞者追求的目标已远不止转得多、跳得高或者"轻、飘、稳"的状态。就技巧而言，更强调身体运动中的拧、倾、圆、曲，及由慢到快、由松到紧、由放到收的旋转过程中所产生的美，而这种美正蕴含了中华民族特有的审美取向——具体到古典舞来说，就是既要有充分的情感渲染力，又不要太引人瞩目。这是舞者的自谦和羞涩。

每一种艺术形式都代表着一般人所不能胜任的具有审美价值的技巧性活动，中国古典舞更是雅文化的代表。它所追求的正是具有民族典范意义的理想化身体形态，只有超乎常人的严格而规范的身体训练，才能拥有如此娴熟的技巧和出神入化的身体表现力，才能达到"回裾转袖若飞雪，左铤右铤生旋风"的技巧，才能有"来如雷霆收震怒，罢如江海凝清光"的功力。那些以为古典舞就是娇怯地笑一笑，同时摆一摆衣袖的业余舞者啊，你那干瘪的动作、生硬的四肢、紧缩的韧带、迟钝的转换都深深出卖了你。

像贝儿，她台下十年功，真真是冬练三九夏练三伏，才有了今时今日的风采。而她与夏侯老师的结合，总让我有种不祥的预感——虽然认识的人都送出了满满的祝福。多希望，和前一次我预感到她在艺校待不久相反，这一次我的预感是错误的。

她正如一朵水上莲，一支净瓶柳，一枚钗头翠，偶尔又如满屏芙蓉绣。那是多么难得的，诠释古典舞的英才。

身体里的火树银花

恰恰舞——Cha-Cha-Cha

身体里的火树银花
恰恰舞——Cha-Cha-Cha

在国际标准舞里拉丁舞的五个比赛项目中，也许会有人担心伦巴的快慢、收放难以把握；有人害怕桑巴的bounce（桑巴律动的一种）；有人觉得牛仔太累，且稍微松懈就绷不直脚尖、抬不高腿；更有人直接嫌弃斗牛舞缺乏美感。但是，几乎没有人不喜欢恰恰，它活泼、热情，花样层出不穷，且易于入门，节奏快，便于炫技。

在国标拉丁的五个比赛项目中，恰恰也是历史最短的一个舞种。这使得它显得年轻而充满朝气，和生活的贴近度使它成为五个比赛项目中最受人喜欢的舞种。

Shaw是我遇见的跳恰恰最漂亮的女孩子之一，她四肢不算修长，但是比例很好，小腿肌肉和腹肌都透着健康，身体呈现出长期锻炼打造出来的轻盈紧凑，在地板上弹跳旋转时，如一枚小钢炮般，每一分力量都用到，每一寸肌肉都没有在休息。在这个女孩子都追求"一白遮百丑"的年代，她去海边度假，把自己晒成了古铜色，倒是参加比赛也不用像别的女选手那样涂棕油了。她爆发力不错，节奏感没得说，身体很有力量，而且上了舞台就嗨，别的选手要想象自己在吃辣椒时才能张口睁眼"撕哈撕哈"做出的性感、兴奋、俏皮，她一登台就能轻松做出来。Shaw是老师的一支枪，本市各组织业余组比赛，她一出场，就是必杀。她唯一的劣势就是找不到能与之搭档的男舞伴，一念至此，我这样平庸的恰恰爱好者就不禁露出了幸灾乐祸的笑容。

她最崇拜的拉丁舞者是乔安娜，听见有人夸张地说别的女选手有女王范儿，她会不屑地道一句："乔安娜怕是暂时还容不下别的女王吧。"这便足以让别人噤声。因为她实事求是，所言必是所思，也因为在很多拉丁爱好者眼里，和乔安娜一路风格的女选手，比起她来总觉得差了点味道。Shaw可不在乎别人的情绪，在她看来，世人大部分时间的情绪都是无意义和没必要的，除了消耗元气之外没有任何作用。

她征服张某人的确出人意料，但是事后想想，也在情理之中。

张某人深得老天爷宠爱，内里且不管如何，外貌的确是丰神俊朗，高大挺拔。说男人才是视觉动物，那是因为帅男比起美女实在少太多，女人的"色"难有发挥余地。真要遇见帅男，女人的痴迷比起男人来，只多不少。张某人属于稀缺资源，就这么一路被宠上来，傲气难免，自私也难免。再加上业余跳拉丁舞的人当中，跳得说得过去的男孩比女孩少太多，张某人就成了稀缺资源中的贵金属。依照老师授意和女孩子们做搭子配舞，当然没问题，虽然带着一分矜持、一分不屑；自己参加表演或者比赛选择女搭档，那他张某人可要挑选一番。有一说一，东方女孩跳拉丁舞，尤其是恰恰这种活泼俏皮又性感的舞种，业余选手要么囿于羞涩的内心和身体，节奏显得慢吞吞；要么流于肤浅和献媚，太讨好观众的表现反而讨好不了观众。张某人想瞎了心，也属正常。

恰恰的源头要追溯至古巴的土风舞，再加入海地移民的民间舞蹈，引入沙锤和手鼓伴奏，糅以爵士摇摆乐风，而后（大约"二战"后）流传至美国，音乐添加了切分音，从而创造出如今风靡世界的舞种——恰恰。1960年，世界舞蹈组织对恰恰进行了规范，正式将其纳入国际标准舞系列，也就是今天我们在黑池及其他国标舞比赛中所看到的恰恰了。源于非洲或者拉美，在美国发扬光大，由欧洲来规范——这是许多今日流行的舞种的成长道路。

老师左眼看一看Shaw，右眼瞟一瞟张某人，心思活络了。如果把这两个人凑成一对舞伴，想必会有天雷勾地火的效果，若参加下一届的比赛，必然是火花四溅、万紫千红。

老师，传道授业解惑者，自然最是权威，张某人默许。如果再仔细观察，被平均年龄55岁的阿姨学员称为"冰山王子"的张某人，甚至露出了几丝兴奋之情，虽然瞬间看起来低俗了一些，但是老师表示很欣慰。Shaw则仍然是一张淡漠平静的脸，阿姨们不忿了："她想什么呢！她以为自己是谁啊？！"

她以为自己是Shaw。

搭手第一天，Shaw就变成了一座随时喷火的冰山，锐利、利落，落和起都极其迅速，速度惊人。张某人眼神欲加兴奋，当然控制力也在增强，回收和推放的力量在不知不觉中越来越大，直到遇到两个连续的爆发型动作，Shaw想把第一个动作做得略内包一下，力量在身体内部流淌，下一个再完全炸开；张某人却希望第一个动作就进入高潮，下一个动作再攀高峰。矛盾出现，配合不当，恰恰舞中女生的动作自然是更大的，Shaw一个没站稳，险些跌倒。

老师目光如炬，课间休息时直接冲张某人道："你太急功近利了！"张某人脸上有些挂不住，Shaw仍然面无表情，在一旁拉伸韧带。

恰恰这种舞蹈，舞伴直接的配合太重要了。Shaw最欣赏的连续拿到黑池冠军的舞者乔安娜，和她的搭档迈克尔纵横舞坛N年，一路鲜逢对手，自然首先是各自的功力都了得，同时配合得当，他们舞风一路，但有参差与对抗之美，更重要的是能彼此激发出更大的潜力。

1980年出生的双子座波兰人迈克尔，从小学习拉丁舞，在遇见乔安娜之前只有过一个舞伴，从没有和别的女选手跳过舞，只习惯和那个舞伴一起。但是和乔安娜合作的第一天，他就感觉"嘣，就这样了"。他们配合默契，感觉顺畅，彼此都知道对方就是那个对的舞伴。

比利时人乔安娜也是自幼学舞，总是一头白色短发的她也不是没有遇到过优秀的男舞伴，她甚至和许多拉丁爱好者心目中的男神——帅气与技术并存的斯拉维克搭手过，但是都没有与迈克尔搭手时那种流畅感。

乔安娜和迈克尔在一起三个礼拜，就举办了一个舞蹈秀；搭手一个月后就赢得了表演舞的世界冠军。这是怎样的默契！怎样的配合！2002年英国职业新星冠军之后，他们所获得的奖项怕是自己都记不全了：2007、2008、2009、2010、2011、2012、2013年世界职业拉丁冠军；2008、2009、2010、2011、2012、2013年黑池舞蹈节冠军；2007—2012年欧锦赛冠军……

舞伴和体育比赛中的双打类似，但是比后者更难，因为除了配合默契外，更需要彼此激发。那不是完全的一致，而是含着对抗、含着挑衅、含着包容的配合，唯有如此，舞蹈作品才会"好看"。不知是谁说过，舞蹈是仅次于性的亲密事情，对手是谁尤为重要。这并不夸张。

所以，对目前的Shaw来说，她没有更好的选择，直白点说，没有别的合适的男舞伴了。她答应会和张某人好好练习，见多识广的老师却在心底微微一叹：这两位搭档，难有更好的表现，怕是也就到此为止了。

直到Root出现。

Root来报名时，老师以为她是来踢馆的。和其他拉丁舞的舞种一样，恰恰舞同样只需要展示几个动作，就知道这人功力的强弱。Root先天条件好，是欧美人般的长手长脚——纤长而有力，一双深邃的大眼睛看人的时候凝神汇气，令人觉得惊心动魄。她是另一种表演型的舞者。

老师教了更难一些的动作，然后让Shaw和Root做展示。同样是花哨利落的舞步，同样是倍儿直的膝盖和快速、精准的重心，同样是摆动到位的臀部，同样是挤压有力的脚掌——却又有不同。Shaw的风格更现代，Root的风格更规范，再通俗点说，一个是美式，一个是欧式。

老师看得兴奋不已，同学们目瞪口呆，张某人的眼神沉淀下来。人外有人，天外有天，舞蹈哪有最高级。

恰恰舞为何能轻易勾起人舞动的欲望？和它的音乐密切相关。在我看来，符合大众审美、又略高于大众审美的艺术最容易受到欢迎——可以接受，又高于自己的生活。

恰恰的音乐很容易辨认，通常由短音组成，欢快而且快慢均匀，易于辨识。它和恰恰舞蹈是如何结合的呢？恰恰音乐是4/4拍，跳舞的速度为每分钟30~32小节、每小节四拍。恰恰利用每小节的最后一拍和下一小节的第一拍之间那个半拍的重音，用四拍走五步，就是我们练舞时为自己喊的"two-three-恰、恰、恰"——您没看错，就是第二拍开始跳，最后一个"恰"做身体的延展。

恰恰高手当然不会囿于这样的节奏，他们会移动正常的重音，使之落在弱拍上，然后将之一直延续到之后的重音拍上，这种被移动了的重音的节奏，叫切分节奏，被移动了的音就是上面提过的切分音了。为何要如此"炫技"？试想，在恰恰舞音乐间隙，抽空完成身体更大程度的拉伸而后爆发（就像拉弓射箭，又像拧成麻花的毛巾瞬间弹开），有多么难，又有多么好看！

新的恰恰练习曲，老师脑洞大开，居然选了萧敬腾的《王妃》。这是单人舞步，因为没有舞伴给的力量，如果要增加速度和稳定度，偶尔需要借助其他载体。我想这舞曲应该适合Shaw，适合她杀手一样的作风。但没想到也适合Root，她跳出了《王妃》高贵又神经质的感觉。一曲恰恰舞能跳到如此地步，太高级了！

站在一旁的老师表情变化万千。只见老师先是眼前一亮，然后眼皮飞快眨动，眼神快速扑闪——不知道又想出了什么鬼点子。

老师派了说客之后，Shaw和Root就在每节课后留下了。我们其他人又嫉妒又期待，暗自相信一向精明的老师一定在培养新的"杀手"。

不管怎么说，只要我们赢，一起出去白吃一顿是免不了的，所以，算啦，技不如人嘛。

恰恰舞动作较快，舞伴的重要性就在于可以以其为地标、为支撑、为大本营和目的地，在固定范围内辐射式地变换方向角度，展现舞姿。

对拉丁舞来说，身体垂直非常重要，因为只有身体垂直，重心才能到达地面；只有身体垂直，重心交替的时候才能迅速到位。正如跳水运动员，若在空中重心不稳，动作变形，落水时，身体就会不垂直，就会水花四溅，就会让观众听到一个较低的分数。

但是也不能直到僵硬的地步，否则过犹不及，动作还是会变形。

按照要求，上半身要往上伸拔，下半身则要往下松沉，使得脊柱像吊着的铁链一样，既挺直又灵活。这样，就会自然产生身体的对抗，这种对抗是拉丁舞好看的重要原因。

听起来是不是很难？但Shaw和Root就能轻易做到。这大概就是凡人和天才之间的区别吧，我们只能无语问苍天。但这就表示，老师已经不需要张某人，他可以冲出Shaw的禁锢，"重回"我们的怀抱了。想到这里，我和阿姨们又都开心起来。

刚开心没多久，就听到张某人自甘堕落、自损颜面、自降身份，要服务于集体，为这次比赛做好服务工作的消息。还服务呢，表演人员就只有Shaw和Root，谁不知道他是冲着Shaw去的？前不久他对Shaw表白的事已经人尽皆知。"如果在舞台上做不了伴，我可以在生活中和你做伴吗？"但Shaw这种人似乎是有第二轴人格障碍，完全听不懂这番真情流露，皱着眉头想了一会儿，莫名其妙地看了张某人一眼就走开了。我和一众阿姨们暗自心疼不已。

封闭训练结束后，我们一起到比赛现场为自己人加油助威（顺便看看别的舞蹈机构有没有小帅哥）。Shaw，一双镶满钻的豹纹舞鞋，配着开叉齐臀黑色紧身短裙，外面罩着黑色对襟长袖罩衣，用缀着流苏的束带系在腰间；Root，一双银色镶钻舞鞋，配着及膝黑色裹臀鱼尾无袖舞服，裙子上缀满了闪闪发光的珠管。二人的长发都梳得油光帖服，老老实实地垂在脑后，没有任何发饰。甫一出场，杀气四溢。

我原想，这舞蹈展现的应该是比拼，二人却在对抗之余跳出了惺惺相惜；我原想，这舞蹈展现的是齐头并进，二人却挑衅适度、动作对仗；我原想，同为女选手，能跳个什么出来？二人却火花四射，激情四溢。

她们在地板上，却如在水中一般轻盈。我们知道老师一定教给了她们独特的呼吸技巧，减少了身体对腿部的压力。她们的步速少有常步，基本是由快步到超快步，到要爆发时来一个静止的拉伸有力的长步；她们炫起技来毫不掩饰，不是半步就是超大步，完全不肯老老实实走个普通的步子；她们的方向变幻莫测，你切我扣，简直是一波还未平息、一波又来侵袭。——总之，看得我们忘了嫉妒，完全被这舞蹈作品折服。

作为幕后主角，老师上台领最佳组织奖和最佳编舞奖。看来晚上的饭有着落了。饭桌上，Shaw突然说要和Root"谈一谈"。等二人出去，有同学神秘兮兮地问老师，Shaw和Root是不是有什么。有人指天画地发誓说她亲眼见Shaw在地下车库强吻Root，一部分人坚决不相信："这是第二轴人格障碍者会做的事儿吗？"两伙人请老师评判，被老师斥责"能把心放在专业上吗"，回头又问服务员："这里有什么卡能打折？"

最后补充一句，各地因出于对恰恰音乐和基本舞步的喜欢，衍生出了很多简易版的类似广场舞的恰恰，比如南京小拉之类，和我们这里所说的恰恰完全不同。

里约热内卢从不忧伤

桑巴——Samba

对大部分舞种来说，欢乐和忧郁、昂扬和低落都能在舞蹈中演绎。可是有一种舞蹈，是纯粹的开心、纯粹的快乐，舞蹈的情绪一直荡漾在平均线之上，观看的人们也会感受到那种兴奋的气氛，这种舞蹈，就是桑巴。

说起桑巴，很多人会想到巴西狂欢节上的桑巴舞。规模盛大的桑巴舞游行中，一辆辆长达十米的彩车打头阵，歌手引吭高歌，桑巴舞女郎笑容热烈，高高地站在彩车上，裸露着修长结实的腿和柔韧健康的身躯，身上的节日盛装形成孔雀开屏一样的盛大效果，头饰高耸，随着装扮得五颜六色的花车舞动、前进。欢乐的人们穿着奇装异服，围在花车四周，随着桑巴舞女郎一起笑、一起唱、一起舞蹈。成千上万的人簇拥在彩车前后，一边和歌手一起歌唱，一边随着节奏跳着桑巴舞。那真的是超越了贫富、忘记了年龄的欢乐的海洋，在狂欢节上，快乐可以抒发，痛苦得到宣泄，无数的罗曼史在发生着。但是，我们这里所说的桑巴舞却不是这种，而是国际标准舞里的桑巴。

国际标准舞里的桑巴，同样是热烈的、欢乐的，同样洋溢着阳光和狂欢的味道，看着舞者那笑容，那舞姿，好像烦恼从未来过人间。

费杨娜在公司年会上报上桑巴舞的节目时，大家的眼睛明显一亮，尤其是我们单位的男士。想必他们第一时间想起了巴西狂欢节上的桑巴舞，那穿着有如"维多利亚的秘密"秀场上的模特一样的桑巴舞女郎。真到彩排时，大家却感到有些失望——原来是如此正式的、真格的舞蹈。和其他任何一种舞蹈一样，技术高于舞者本身的魅力展示之上，人要先伺候好舞蹈、阐释好舞蹈，而后才能因舞蹈而升华。费杨娜跳的是国际标准拉丁舞里的桑巴，男舞伴Leo不知道是从何处找来的，头发打理得一丝不苟，颧骨突出，两颊略有下陷，高高的眉骨下面，一双眼睛深不可测，仿佛一个来自外星的生物。他虽然名叫Leo，但看他不像狮子，倒像一匹狼。最八卦的人也看不出二人之间有任何情感的暧昧，因为舞台上的二人欢乐地对望着，做同样的动作的时候，就带着热情的笑容面向观众——当然，此时一般都是炫技的时刻了。桑巴的互动是朋友之间的，顶多是在彼此有好感、但尚未挑明期间的，也因为此，才没有痛苦吧。

说起来，费杨娜真的是一位特别的姑娘。要知道我们公司是搞科技的，小到音频制作，大到机器人，我们都有投入。当初费杨娜进来时大家都很奇怪，在我们公司，倒是有几位做行政的女同事，至于技术方面，则没几个女性，倒不是说女性智商不够，而是说女性吧，她扛不住我们这个工作强度啊。社会主义初级阶段，要想让资本主义国家服气，必须更快地拿出性价比更高的东西。一天就24小时，人的智商差距也就那么大点儿，那就只能拼效率，然后在保证效率的情况下拼工作时长了。这么一来，几个女性受得了？

费杨娜受得了。她和男同事们一起加班,一起熬夜。不同的是她办公桌那里备了舒缓眼罩、滋润型眼膜、防辐射服、躺椅、高档饮品、坚果、水果、腰枕、漂亮的茶具、面部按摩仪、颈椎按摩仪,还有一双看着就十分舒服的拖鞋。

比我们老总办公室的秘书还会调理自己。

这么亮眼的女同事,惦记她的男同事自然不少。也有嘴损的,爱风言风语,比如王哥。

"她这么能照顾自己,就没有男人愿意照顾她咯。不过话又说回来,费杨娜这样的,还需要男人干什么?"

"干什么?"资深已婚人士老刘神秘兮兮地一笑,"可干的事儿多了。"

费杨娜未必不知道男同事们背后的议论,可是她每天都板着一张脸,跟戴着金属面具似的,除了见面时和同事们互相问候一声,就没别的话。中午休息,总要聊个天什么的吧,她就不,也不知道一个人在捣鼓什么。费杨娜自己带饭,盛饭的饭盒倒是很精美,也不知道我们公司这样的工作强度,她哪来的时间做饭。工作间隙大家偶尔也会挤出时间来插科打诨,费杨娜刚来的时候,还有男同事想逗她说话,后来就没兴趣了。她太冷漠了。于是有男同事跟我们行政部门提意见,说希望公司招进来一个开朗活泼、爱说爱笑的女孩子,哪怕难看点也没关系啊。

——所以,年会要报节目,眼瞅着技术部门被逼得没法子了,费杨娜救民于水火之中,报了一支舞蹈,听起来还是男女互动、激情四射的舞蹈，男同事们的眼睛都亮了。

大家夸巴西足球像桑巴舞，除了因为桑巴源于巴西，再有就是桑巴舞和足球一样技巧高超、节奏激烈、可观性强。

许多喜欢拉丁舞的人唯独害怕桑巴，就是因为它的技术难以掌握。桑巴舞的音乐是2/4拍，音符短促地滚动着，节奏鲜明，鼓点强烈。桑巴舞不是一个上升和下降的舞蹈，所以不可以有过多的上下起伏。无论再快速的舞蹈动作，也要保持肩膀的平衡，压住身体，让身体保持在同一水平面上，在这个前提之下，臀部每一个动作都有大幅度的卷动，胯部每一个动作都要打开再收回，要迅速停下来就要让身体做出类似拧毛巾一样的动作来。所以，桑巴舞才那么好看。

也因为它难跳，所以就出现了很多桑巴舞的变形。甚至在有些场合，舞蹈女郎在桑巴音乐的伴奏下，穿着高跟鞋和暴露的衣着，贴着羽毛和亮片，扭动几下臀部和腰部，就说这是桑巴舞了。这样的舞蹈当然有另一种目的，这里，我们就不屑于多提了。

费杨娜请Leo吃饭，以感谢他的帮忙。Leo冷冷地用勺子舀起食物递到自己嘴里，咀嚼的样子十分性感，吃好了抬头说一句："谢什么，你付了钱的。"见费杨娜嘴角沾了一滴果汁，他拿起纸巾一角帮她轻轻一拭，动作十分自然。费杨娜也接受得十分自然。好巧不巧我们同事也在那家著名的餐厅吃饭，这一幕就如同被公司所有员工尽收眼底。

宅男小李子哀叹："啊，我的费杨娜！"

王哥嗤之以鼻："啊什么啊，给你你也吃不消。"

Leo出现之前，我们认为费杨娜只对符号和波段感兴趣。她看起来实在不像人类，看见小猫小狗小宠物，眼里也毫无笑意。偶尔还会流露出第二轴人格障碍般的想法，听来可怖："哺乳动物最在乎吃和繁殖，比植物差太远了，还以为自己进化得比其他物种快。"

"那么人呢？"我们好奇。

"人类稍微好一些，毕竟有了智慧，比如我们现在做的事情。不过，法律、文艺、哲学例外，无聊，只能带来虚假的欢乐。"她说，带有工科生的自负。

"但是桑巴……"男同事们坏笑着揭发她。

"舞蹈是另一种范畴，和体育一样，和医科一样，伺候好我们的皮囊。"她有她的一套思维体系，比较难攻破。

——是的，这样的，给谁谁也吃不消……

正如费杨娜所说，运动会也有国标舞项目（比如2010年广州亚运会），那显而易见是属于体育范畴的；但是其他的舞蹈机构，大多属于文化部门，那些必然是属于文化艺术范畴。在所有的舞种之中，只有国标舞能够横跨体育和文艺，其他的都有非常明显的差别，一看就知其不同的侧重点。

还记得那部著名的动画电影《里约大冒险》吗？还记得里面欢快地跳着桑巴舞的小动物们吗？影片展现的是向往自由、团结协助的精神,最终的胜利之后的舞蹈表现的依然是人类的终极追求——快乐。

为什么桑巴能给人带来纯粹的笑、纯粹的快乐?这就要提及桑巴的特点。桑巴最为独特的就是腿部的bounce(弹性、弹跳。在桑巴舞中要特别强调膝盖和脚踝的弹性)动作,是随着音乐和节拍,由重力腿的膝盖与脚踝彼此屈压、挺直所产生的,而屈压的角度又因舞步的不同而不同,有时候角度很大,有时候几不可见但是又必须有,有时候则完全没有。

桑巴还有一个代表性动作,就是骨盆与臀部的斜刺,这一动作要和bounce一起进行,但是要注意无论动作多大,都不能带动上半身——那样就丧失了平衡感和对抗的力度。

这些动作加上国标舞特有的拧毛巾一样的"反身"动作,以及脊柱挺直、脖颈挺拔的要求,就构成了欢乐的桑巴舞。

费杨娜与Leo的表演非常成功——毕竟我们只是一家公司,他们的舞蹈在这里必须是No.1的节目。在自发的、潮水般的掌声中(宅男小李子和王哥拍得最卖力,二人脸上都带着发自内心的、热烈的、开怀的笑容)旋转,然后停下来,费杨娜屈膝行礼,Leo也向观众微微鞠躬,然后一起下台。被舞蹈深深吸引的我这才想起了什么,抓起相机跑到后台化妆间,由于太激动以至于直接推门进去了,却看见费杨娜和Leo在拥吻,吓得我瞬间又关上了门。

"这个吻是什么意思?"我听到Leo的声音。

"我想我们得试一下。"

"是一个开始吗?"

"不。为了不会结束,我们最好不要开始。"

"我能明白。"

又听到费杨娜的声音:"我指所有的事情,我们一生中所能遇到的所有事情。"

她继续补充:"你会懂的。"

"我懂。"Leo说。

我不懂!这是什么跟什么?他们俩是外星人吗?

我回到座位,带着茫然的表情,给自己灌下去一杯红酒,同事莫名其妙地看着我。

现在国标舞里的桑巴,和巴西狂欢节上的桑巴有很大的不同,但是二者最为相似的地方,就是都充满活力、热情、快乐。

桑巴音乐极具韵律性,切分音丰富。它的音乐是以黑人强烈而丰富的节奏感为基础的,又融入了欧洲人的旋律,多用到鼓和摇响器做乐器,听到就能让人产生兴奋的情绪,想要立刻摇摆自己的身体。

所以,在国标拉丁舞比赛中,桑巴音乐一响起,选手们一登台,观众们的情绪就一下子被调动起来了,大家知道这是高难度的舞蹈,有连绵翻滚的节奏和强烈的律动,极具欣赏性。选手们夸张的动作丝毫不会破坏身体良好的平衡性,四肢和躯干都高度灵活、柔软,仿佛每一块都能独立出来自发舞动,但是又极其紧凑。舞者的身体看似松弛,但是由于舞者准确地利用身体重量与地心引力,产生了"很沉"

的重心，这种对地板的压迫形成的舞蹈效果是极为美妙的。

　　费杨娜梳理得整齐光滑的发髻重新散落，7厘米铅笔跟的满钻舞鞋换成了粗跟黑皮鞋，华丽修身的舞服换成了灰色工装，拉丁妆容卸了下来，戴上了黑框眼镜。我们见识过她的那一面，却也能接受她的这一面，因为她流露出一种"关你们屁事"的态度。这倒也得罪不了我们，毕竟她一贯如此。

　　有一次我在大街上见到Leo——他的脸辨识度太高了。当时公交车进站，他在站台翻一本财经杂志，我大喊一声他的名字，他抬头循着声音来源找到我，露出了新奇和漠然的表情，肩膀动了一下，像是要同我挥手，但是终究没有挥起来，因为这时公交车开走了。

身体先爱上，心才爱上

牛仔舞——Jive

身体先爱上，心才爱上
牛仔舞——Jive

　　碧昂斯喜欢结实、长线条、光泽有弹性的腿，所以她练就了这样的一双腿。Dan喜欢结实、长线条、光泽有弹性的腿，于是找了索星做女朋友。确定恋人关系的第一天，索星就把一双活力四射的腿缠绕在了Dan腰间，直到肌肉收得越来越紧，脚背也绷得越来越紧——别为之侧目，一见钟情从来只发生在俊男靓女之间，"内在美"才是需要时间去慢慢发掘的。

　　Dan的母亲苍白而忧郁，抚弄头发时弯曲柔弱的十指让整个家充满了压抑的气息，也让Dan生出叛逆的心理，令他从小就对西式的健康美有别样的追求。空手道的训练是他一直没有中断的，长跑等基础运动则更不用说。然而他成长的年代流行小鸟依人的女生，Dan高大挺拔，倒是小鸟依人的好道具，可惜他不愿配合。

　　索星面容冷静，仿佛表情都展现在一双腿上。有时由于表演需要会涂抹棕油，便更衬得一双美腿如小马一般。舞动时，舞衣艳丽的流苏将将遮住臀部，在一双紧绷的、结实的、弹跳活泼的腿上疯狂飘洒，无论动作多么大、多么快，脊柱却总是直的，压住了整个身子。跳得不好的舞者，脊柱做不到如此这般，就会乱晃，整个人显得轻飘。

Dan就喜欢索星此时的身体，有矛盾的、对抗的力量在内里窜动。正如她另外一些时刻散发出的压抑又期待、逃避又邀请、抵挡又迎接的气息，会惹得Dan的全身也紧绷起来，每一寸肌肉都是紧张的，看上去是内收的要逼死自己的力量，却酝酿着强大的爆发力。

牛仔舞，又称为捷舞，后者的翻译更接近它的英文名Jive，很多人认为"捷"字更能展现出牛仔舞的敏捷、风趣和轻盈。它是国际标准舞中拉丁舞的比赛项目之一，用"J"表示，是国标拉丁里速度最快的舞蹈，也是最累的一种。双脚要一刻不停地弹跳，在这个过程中还要保持腹部的力量，要保持脚尖一直下压，要保持腿部肌肉一直收紧。虽然牛仔舞的音乐节奏非常快。可是没有人抗拒它，因为它如此快乐，在迅疾却明晰的节奏中摇摆自己的身体，蹂躏自己的汗腺，挑战自己的控制力，那是别样的舞蹈快感。

你知道牛仔舞有多消耗体力吗？它的节奏为4/4拍，每分钟有42～44小节，要用六拍跳八步。牛仔舞要求脚掌踏地，脚跟老实控制住，别添乱就行了。初学者以极慢的速度学习分解动作的时候，会明显看出来，牛仔舞的腰和胯部是作钟摆式摆动——这很重要，是牛仔舞区别于其他舞种的重要标志之一。

是的，索星舞动的时候，你能看到她脚踝用力，让脚和地板飞速却有力地造成挤压，有时候因为压力，地板甚至会产生轻微的"吱吱"声，却从不会有鞋跟磕碰的声音——那就太不雅观了。每一个动作都用腹部力量吸起腿，撑起身体，再把腿干净有力地弹出去，弹出之时，从脚尖到大腿，是一条利落如豹子的身影的线条，一寸力量都不浪费，一分肌肉都不多余。索星曾经警告过试图在她训练时骚扰她的Dan——她这一脚下去，万一被踢到，可不是闹着玩的。然而Dan爱极了她如此有力的腿，还有她弹性十足的皮肤。

他记得古龙的小说里有一个叫柳伴伴的女人。古龙花了很多笔墨来描绘那女人的双腿，而那番描写，造就了Dan最初对异性的期待。

Dan每次想起那些情节都会如第一次读到时那样战栗。也许不仅仅是因为母亲的孱弱让他生出了相反的审美意识，也许他天生就对索星那种类型的女人有特别的感觉。

牛仔舞源于美国，有美利坚特有的自信、刚健、欢快、情绪外放等特征。奔放热情的牛仔舞，一上场就扬起一片高昂的情绪，让全场的温度都升高了几度。再加上全程都快速、兴奋的节奏，没有强健的体魄和奔放的情绪，是撑不起这样的舞蹈的。我猜测牛仔舞正是以使身体极度疲惫的方式来让身体得到放松。

但是要注意，如果你看到牛仔舞中强烈的身体摆荡、快到眼睛几乎捕捉不到的腿部并合、高而迅猛的跳跃与连续快速的旋转，就觉得牛仔舞是毫无束缚的舞种，那就错了。任何一种夸张、强烈的表现，都要以规范的训练为前提。

说起来，牛仔舞源于美国的黑人舞蹈，最开始盛行于二十世纪二三十年代。在第二次世界大战期间，美国士兵将牛仔舞带到了英国,由于战争的影响,人们及时行乐的情绪高涨,致使牛仔舞发展到了疯狂的地步。到了五十年代,爵士乐的流行进一步完善了这种舞蹈——是的,舞蹈的发展永远离不开音乐的发展。

Dan的母亲感受到了儿子的变化,她的情绪更加低落。倒是Dan的父亲乐见此事,他早希望儿子成家立业,做一个真正的男子汉。

"那女孩是怎样一个人?"母亲眉头紧蹙,一只纤细的手支着下颔。Dan用叉子叉起一段红肠,啜一口咖啡,不知道如何回答。母亲柔软的目光扫过他的眼睛,微微晃动手里拈着的小小茶杯,"带回来给我们见一见吧。"

Dan去接索星,一开始只是习惯性地拥抱,后来不知道是不是被对方充满弹性的身体刺激的,越来越激动。他下巴微微蹭着索星的颈子,鼻息喷在她耳后,索星回头给他一个深吻,挥手告别。这女孩,除了在床上的某个阶段,从来没有表现出依赖他、需要他的样子。

Dan看着索星的背影,索星浑圆、长而直的腿直接裸露在空气里,在夜色中发散出诱人的光泽。她踩着平底凉鞋,露出健康圆润的脚踝。Dan不知怎么想的,忽然跟了上去。

母亲发来短信,问Dan怎么还不回家,说她有些偏头痛,父亲偏偏又出去应酬了。Dan回复了母亲,一手撑住索星要关上的房门,挤进去,把索星抱在怀里用力吻上去——对方一脸惊诧,发出低低的尖叫声的同时,膝盖用力一顶。Dan吃痛,把索星压到沙发上,索星腾出一只手一耳光抽过来,Dan握住她的手腕,在她耳边低声道:"是我，别怕。"索星的扭动渐渐平缓下来，而后另一种扭动苏醒了。他感觉她的双腿在用力，试图并到一起。

这个时候，母亲在落地灯下用柔软白皙的手指轻轻压着疼痛的额头，膝盖上放一本书的情景，却出现在他脑海里。

在国标拉丁舞项目的比赛中，牛仔舞往往被安排在最后。一方面是为了展现选手的体力；另一方面，将最活泼风趣的舞蹈放到最后表演，也是为了消除观众连续看几支舞之后的审美疲劳。

初学牛仔舞的人会觉得，牛仔舞的基本步并不难。只是看似简单的并合步、旋转，都要把重心放在脚趾的大拇指内侧，这一点，很多人一开始怕是不知道如何做到位。

而学会了基本步之后的提速、控制身体、快速旋转移动（同时不忽略钟摆一样地摆动身体），在表现出高超舞技的同时，也表现出诙谐、轻盈、热力四射的牛仔舞特质，这就不是一朝一夕之功了。别的不说，单说膝盖如弹簧一样一曲一直的弹性、对脚踝的控制、脚掌对地板的挤压角度及力度、臀部的摇摆、身体中轴的直立、身体的力量和方向与腿部的对抗……就不是嘴里喊着123&4、1&23&4、1234、1&234的拍子就能体会到的。而上述这些，也是判断一个人牛仔舞跳得好与不好的重要参考。

而索星，自然是跳得好的那个。Dan想，自己依赖上的、向往的，其实是舞台之上、镁光灯下那个索星——热情如火，自制如铁，淋漓酣畅，快乐轻松，带着他进入别样的境界，升华到灿烂的星空，让他心里伸出滚烫的舌头，舔舐自己最压抑的某一处。当然，最重要的是，她的一双腿如此美妙……

　　Dan想起饭桌前，母亲的裹臀过膝窄裙下，露出的被丝袜裹住的纤细、柔弱的小腿，和细致如鸟儿的骨骼一样的脚踝。

　　从此，他只有见到索星造型各异的流苏之下的腿，才会兴奋。

一生也不过
一首曲子的时间

华尔兹——Waltz

华尔兹——Waltz

一生也不过一首曲子的时间

广场上，身材已经走形的叔叔阿姨们伴随着旋律清晰、并不怎么悠扬的音乐起舞，他们腰部挺直，头部高昂，背部微微后仰，在前进后退一段之后旋转，和《白日焰火》里的廖凡在舞厅里跳的一样，都算是变形的华尔兹。

郎家明提前退休，在家无事可做，遛狗走到这里，远远看着。有位老太太热情地招呼他加入，他先是略微惊诧，而后神情孤傲地走开了。老太太冲着他笔直的腰背和一丝不乱的头发翻了个白眼。

三十年前，"慢三""快四"在内地流行开来，舞厅里充斥着"彭嚓嚓彭嚓嚓"的节奏。郎家明有一次陪朋友走进去，朋友知道他是"舞"林高手，一定要他露一手。刚刚回国的郎家明哪里会这个？可是推脱不掉，只能就着音乐，当众演绎了一曲华尔兹。这和大家正在跳的交谊舞显然不是一个段位，场上跳"慢三""快四"的人不由目瞪口呆，和他临时搭舞的女伴绿梅因为高速的旋转和完全的被动，两颊绯红，娇喘吁吁，再看向郎家明时，眼睛亮得让在场的其他男人不爽。

接下来的某个晚上，吹着口哨、提着公文包的郎家明走到离家不远的小巷子里，迎面走来几个面色不善的男青年，当头"呸"的一声，把痰吐在郎家明擦得亮晶晶的新皮鞋上，郎家明刚瞪圆了眼睛，就被人当脸一拳打倒在地，接下来又是一顿乱脚。郎家明脸蹭在地上，挣扎着问："几位兄弟，我哪里得罪了你们？"对方回答："就是看你不顺眼。"说完又来一脚。绿梅知道了此事，来探望郎家明好几次，郎家明过意不去，绿梅咬唇一笑："想报答我的话，教我跳舞好了。"

华尔兹是国际标准舞中摩登舞的项目之一，要注意的是，摩登舞中还有一种"维也纳华尔兹"，与我们此处说的华尔兹是不同的。非专业人士要区分二者的话，只需要记得维也纳华尔兹的节奏明显比华尔兹快，就行了。有人把维也纳华尔兹叫作"快三步"，把华尔兹叫作"慢三步"，也是基于这点区别。说起来，华尔兹还是维也纳华尔兹的变化舞种。19世纪中叶，维也纳华尔兹传到美国，当时的美国崇尚舒缓、优美的舞蹈和音乐，于是将快节奏的维也纳华尔兹舞曲逐渐改变成旋律悠扬而缓慢、颇具抒发性的慢华尔兹舞曲，舞蹈也改变成连贯滑动的慢速步型，即今天我们所看到的华尔兹舞。

华尔兹的舞曲旋律优美抒情，节奏为3/4的中慢板，每分钟28～30小节。每小节三拍为一组舞步，每拍一步，第一拍为重拍，三步一个起伏循环。

拿"waltz"这个词来说，它在古德文里的意思是"滚动""旋转"或"滑动"，这精准地道出了华尔兹舞动作的基本特点。华尔兹的舞者，通过膝、踝、足底、跟掌趾的动作，结合身体的升降、倾斜、摆荡，带动舞步移动。在观众眼里，华尔兹的舞蹈动作起伏连绵，舞姿华丽典雅，身着燕尾服的男士引带着身着大摆舞裙的女士，时而款款前行，时而优雅旋转，让观众如同置身宫廷，看着绅士、淑女和着悠扬的钢琴、小提琴弹奏的曲子飘飘扬扬，人在音乐中如手臂上缠绕的轻纱一般摇曳。

年轻的郎家明，傲气隐藏在嘴角的笑纹里、礼貌的语气中。绿梅的朋友觉得他金玉其外，没人情味，缺乏生活智慧；郎家明的妈妈觉得自己儿子高大帅气，又是留洋回来的，不是富有牺牲精神的白富美就配不上。两厢就这么僵着，绿梅也隐隐觉得自己剃头挑子一头热，慢慢地也就淡了。

郎家明身边哪里缺少女人呢？虽则家里有一个寡母，祖上留下的那一点家产也在国外折腾得差不多了，可是毕竟工作尚可，收入稳定，人又高大英挺，站出来还是很光鲜的。朋友看中了他这点吸引力，想聘他到舞厅做伴舞，按月付工资。郎家明推脱说不要，朋友知道他爱脸面，就哈哈一笑，不提聘用的事儿，只约他常来玩，饮料小食全免费，还时不时给他的寡母送水果、补品——那补品，不便宜。郎家明不好意思，就称了朋友的意。因有郎家明，女人就爱来这家舞厅，女人多了，舞厅也就火起来了。你说说，这多么风光。

关于华尔兹的发源地，目前有好几种说法。"waltz"这个词来自古德文，所以一部分人认为它源于德国；法国人则认为华尔兹的舞蹈动作是由法国的沃尔塔舞演变而来的；而意大利人则说，如果这样的话，要记得法文的"沃尔塔"一词可是来源于意大利语的，所以华尔兹有源于意大利的可能。

华尔兹又称圆舞。圆舞曲有别于贝多芬、舒伯特、勃拉姆斯等维也纳作曲家的严肃作品，可以说，它和"轻歌剧"（operetta）一样，是在19世纪已逐渐民主化的社会中，为适应大众较通俗的品位而形成的相对而言的"轻音乐"。在这之前，三拍子"彭嚓嚓"节奏的圆舞已经流行于欧洲，特别是在德国巴伐利亚和奥地利维也纳一带的农民当中。当法国大革命于18、19世纪之交震撼着整个欧洲时，这种民俗舞逐渐地被引进城市，渐渐转变成文明社会中的维也纳华尔兹。圆舞虽被文明化了，然而它仍然保留着源自乡间的愉悦奔放的本质，以及刚兴起时尚被视为有伤风化的男女相拥的舞姿。而之前一度广为流行的小步舞则因其刻板、拘谨的风格被淘汰。之后供跳舞的场所，如咖啡馆、小酒馆、舞厅等迅速兴起，让王公贵族和平民百姓都能自由出入。

1834年后，华尔兹传到了美国。它在美国的第一个落脚点是波士顿，随即传到了纽约和费城，很快，华尔兹就在美国的社交圈子里扎下了根，并因为其容易上手的步子、男女搭配的吸引力、悠扬浪漫的音乐、较慢的没有压力的节奏，迅速成为交谊舞里的王者，愈加流行开来。

整个住宅楼，谁不知道郎家妈妈疼儿子？那是她生命中最杰出的男人，而且是由自己亲手，不，是亲身创造的——用自己的血肉之躯培育出郎家明的血肉之躯，那是她这辈子最尽心尽力做的一件事，集她的终生成就于一体，在自己眼里怎么看怎么爱，那可是她的儿子！对哪个女生好点都是自家吃亏；和哪个女的谈恋爱都是那女人的造化；真要娶哪个女人，我的天！那女人还不得感恩戴德？

郎家明微微含笑，游走于喜欢他的女人之间。遇见表现得热烈的，就搬出他的妈妈来，友好地拒绝对方。他郎家明身边，优质的女人太少,太少了呵!

他没什么机会表达自己,只有把华尔兹跳得更顺畅,更自如。休息时,他啜饮一杯朋友特地为他现煮的咖啡,捏起一片低糖点心,用一方洒了低调又奢侈的香水的手帕拭了拭额角——无论哪个时代,时髦都意味着有格调。

当拿破仑征服欧洲的行动失败之后,欧洲各地的贵族为了重建新秩序,召开了夜夜笙歌、日日跳舞作乐的维也纳会议——直到拿破仑从厄尔巴岛重回巴黎。从会议开始到1848年欧洲革命爆发这段时期,音乐得以稳健地发展,爱音乐、爱跳舞的维也纳人让整个首都都处于歌舞升平中。当时维也纳的人口总共不过二十万人,而全城可供跳舞的场地可容纳五万人,也就是说,该市四分之一的人都染上了"华尔兹病毒"。那也正是圆舞曲音乐的先锋约瑟夫·兰纳(Joseph Lanner,1801—1843)、老约翰·斯特劳斯(Johann Strauss I,1804—1849)活跃的时期,彼时"圆舞曲之王"小约翰·斯特劳斯(Johann Strauss II,1825—1899)才刚开创他的事业,维也纳轻音乐的黄金时期即将展开。

这是个浪漫的时期,受圆舞曲的流行风潮影响,很多严肃的作曲家也纷纷将圆舞曲放入他们的大型作品中,例如柴可夫斯基的歌剧《尤金·奥涅金》、普契尼的歌剧《波希米亚人》、理查·施特劳斯的歌剧《玫瑰骑士》里,都有精彩的圆舞曲音乐。除此之外,肖邦和勃拉姆斯也创作了多首用钢琴独奏的圆舞曲,那又是圆舞曲的另一种表现形式了。有兴趣的读者,不妨找来听听。

跳华尔兹的一男一女两位舞者中,男伴的水平一定要更高一些,因为男伴是主导，所有的动作和感觉，包括方向的改变，都要靠男伴传递给女伴。这种主导和可依赖感让女人心醉，在被引导、有依靠、有指引的同时还能表现自己，这如果放在日常生活中，也许就是每个女人都向往的状态吧。

绿梅毕竟被郎家明一对一指导过，她双臂搭在男伴臂上，上身后仰，脖颈随之向后，目光垂在一侧。"起范儿"的动作看似简单，却对身体的控制有很高的要求。第一拍，身体低下来，这一拍也是强拍。第二、三拍，身体升高，同时二人一起向某个方向移动，连起来看，正如起伏的波浪一般。

在悠扬的音乐里，郎家明和绿梅连续右旋转，看得人眼花缭乱。之后，一个后退抑制步，绿梅的身体低下去，力量被郎家明把着，腰向后、向下一直弯下去，穿着银色摩登舞鞋的左脚斜斜探出去……整个人真如一支被郎家明擎在手里的梅枝，雅致而又浪漫。然而大家都已经看出，这支梅，与郎家明，只剩下舞伴的情感连接了。

时间过得好快，他们马上就步入中年了，能命名为"年轻"的时间，真是短……绿梅嫁了人，丈夫不懂跳舞，但是喜欢看。

郎家明身边的女人少了许多，朋友的舞厅也转手给别人做其他的生意了，各类健身中心逐渐出现，舞厅已经落后了。这个时代变化太快，这个城市更处在时代的前沿，每一天醒来，城市的面貌就又变了一些。身边的朋友来去匆匆，没有人再邀请郎家明去跳舞——专业学校毕业的拿着教师资格证的摩登舞老师到处都是，给钱上课，人情也不必欠下，爽利极了。

忽然一天醒来，郎家明感到一种忧心，一种类似孤独的感觉——

那感觉,从未有过。是身边人的房子、车子带来的吗?是朋友的跳槽、创业带来的吗?是新同事越来越年轻、越来越有活力带来的吗?他不知道……他觉得,自己被骗了……

郎家明的妈妈开始张罗着给儿子找对象了——儿子的对象居然难找吗?却是多少要隐去嚣张的姿态了,然而对儿子的关怀让她本能地关心到事无巨细。可惜,如今的小姑娘,和她年轻的时候不一样了……

有一天晚上,灯光下,郎家明的妈妈帮儿子擦鞋子,突然说出一句"等我老了,谁来照顾你",话一出口,她自己也吓了一跳。母子俩怔怔地对视了几秒钟,又赶紧把眼神移开了。

华尔兹让舞动的人们得以享受自己成为绅士、淑女的时刻。两人的站位虽是闭式,却无互相引诱之意,而是礼貌地和着音乐互相配合,双臂搭在一起,礼节性地拉开上身的距离。这是雅致的社交舞,最容易凸显一个男人宽容又决断的一面,也最容易凸显一个女人温雅而又柔和的一面。加上笔挺的深色燕尾服、大摆的点缀有轻纱的舞裙,经过千锤百炼的练习才有如在云端的效果。舒缓的音乐如和煦的风,和这舞蹈一起,让观众享受一种悠然自在。

郎家明的妈妈开始抱怨儿子年轻时太挑剔,一转眼,儿子都过四十岁生日了,谁说的男人四十一枝花?也许家财万贯的男人才有资格这么说吧……

养了儿子四十年,郎妈妈第一次拉开距离,尽量客观地看自家儿子。她悲哀地发现,儿子已经有了老态,以前双腿像装了弹簧一样,走起路来都是向上蹿的,现在却没有了……他工作普通,职位平庸,收入凑合,还好他们是本地人,压力比蜂拥而来的外地人还是要小一些的……他待人友善而有距离,自爱,不是能发狠、能钻营的人……以前她讨厌的那些围在儿子身边的男男女女,都到哪里去了呢?

算了吧。她看着在镜子前细心打理头发的儿子,想着。那发型干净整齐,但是已经不时髦了。

时间一往无前……郎妈妈务实地发现,如今要追求的,只能是她和儿子的健康了。但是有一天,儿子回家告诉她,自己准备选择提前退休时,她还是愣住了。退——休?她一直觉得,儿子的人生还没有展开呢;一直觉得,儿子的人生还在拉弓张弩的蓄势待发阶段呢。她匆匆埋下脸为儿子准备饭菜,嘴里答应着:"退了好,现在外地人一个个凶巴巴的,现在退还能拿一笔钱……咱家也不用你赚大钱,咱俩都有退休金……"

郎家明不愿意听妈妈絮叨,她一个人就能营造出一派阴暗的气氛。他也经常出去走走,自认为自己比妈妈达观。人生嘛,不就那么回事儿?一次在一家舞蹈教室看见一个熟悉的身影,在教一群时髦的中老年人跳华尔兹。那是绿梅。她胖了,没有当年那么瓷实了,可是精神状态很好,面前的学员都认真地看着她。他静静地盯着,直到有个小伙子出来给他推销舞蹈教室的课程。

他想起十几年前的那天醒来时感到的那种忧心,那种类似孤独的感觉。那天的后来他遇见了绿梅,对她倾诉:"真的想结婚了,给我介绍一个吧,像你这样的就行。"绿梅当时打着哈哈揶揄他,他还被赞得开心了许多。如今回头再想,那是拒绝吧。

最无力是陷入哪种生活？

狐步舞——Fox-trot

狐步舞——Fox-trot

最无力是陷入哪种生活？

结婚的时候，他们跳了一支狐步舞，预示着新人从此走上"浪漫、幸福、美好、崭新的生活"。当然成熟了之后就知道这只是受居心叵测的舆论影响的幼稚想法。就算是完美的王子和公主，就算是在童话里，作家也只敢写到他们结合，到此童话戛然而止。生活，哪里经得起推敲呢？就像一支狐步舞，我们看到的范本，都是在黑池翩翩起舞的世界级舞者表演出来的，脸上带着柔和的欢快的笑意，配合默契，步伐一致。他们轻快顺畅地向前、向后，一二三四趟着利落的舞步，时而一个快速而圆润的旋转，飘逸的舞裙唰地转成一大朵花儿。然而我们都是普通人，无论多么努力，跳出的舞步也多是惨不忍睹。

狐步舞其实和狐狸毫无关系，白白浪费了一个令人遐想的名字。它起源于美国黑人舞蹈，这是少有的创始人和源起都具体、肯定的舞种。1914年夏天，美国杂技演员哈利·福克斯应邀在世界最大剧院之一——纽约电影院的屋顶花园做歌舞表演，在表演中，福克斯从人们慢步行走时的动作中得到灵感，设计出了狐步舞这一新的舞蹈形式。从此，狐步舞迅速在全美风行。为了纪念创始人福克斯，人们就称其为"福克斯"舞，译为中文便成了狐步舞。当然，接下来其他人的贡献——比如美国人Morgan的开式旋转步（Morgan-turn）、

G.K.Anderson引入的羽毛步和转向步——让狐步舞趋于完美。

20世纪30年代是狐步舞的金色年代，当时狐步舞的音乐也标准化了。我国现代著名作家穆时英的小说《上海的狐步舞》就发表在1932年，那小说的节奏和色彩正如狐步舞，内里是当时都市人敏感、纤细、复杂的心理感触。文中圆熟的蒙太奇、意识流、象征主义、印象主义等表现手法，让穆时英成为新感觉派圣手。我想，这里面一定有狐步舞给予作者的灵感。小说的画面感和可视性，也如同狐步舞舞动的每一面，也正因为此，他的作品在当时是配图最多的，而且为之配图的都是有名的画家，比如万籁鸣、叶浅予、黄苗子、梁白波等。

和于家宝结婚，说没有考虑他的家境的因素，那是骗人的。袁媛父母都务农，哥哥早早休学在外打工，无人相助。自己名校毕业，工作不错，长相中上，性情活泼。认识了于家宝，得知他父母都是本市有名的医生，于家宝本人看起来也稳重，自己又想有个栖息处，于是就不假思索，心无旁骛，一路走进了婚姻。

领证的那一刻，她心里咯噔一声，如同鞋跟突然断了。

于妈妈把于家宝交给她，如同把儿子交给另外一个妈妈，自己则摇身一变成了"监管人员"。于家宝的确是个诚恳的男生，可惜如他这一代好多男生一样，断奶前后差别不大。只多了性生活而已。

第一次冲突，是房间没打扫，冰箱里也空落落的，"监管人员"到来，一番视察之后，对儿子的生活质量发表了言辞犀利的感言。袁媛毕竟受过高等教育，认为尊老爱幼是起码的，不与人起正面冲突是一贯的，于是柔声喏喏，息事宁人。于家宝不觉得有什么不妥，从小妈妈就是如此关心自己的。到了夜里，宽衣解带，你推我送，自不必说。罢了罢了，袁媛本想和他论一论的，现在也没精力了，熄灯，睡觉。

第二次冲突，是查问二人房事如何，有无怀孕迹象，还用避孕套吗？不要用了。"监管人员"大大方方，袁媛面红耳赤，于家宝做甩手掌柜，不参与这个话题，手里玩着游戏——马上就要打够10000分了！"监管人员"看到这画面，更不开心了，儿子如此单纯善良，袁媛你，别来那些里格楞（方言，猫腻之意），带偏了他。袁媛气极了，表面上却还是点头，说会尽快，仿佛自己的身体和人生都已经不属于自己支配了。"监管人员"走后，袁媛一汪眼泪流下来，于家宝赶紧来劝来哄，知道原委之后笑了："傻老婆，咱妈那是为咱们好啊。"一派人畜无害的模样，弄得袁媛都怀疑自己是不是小题大做了。

不管怎么说，这种怨气，跟谁诉说也没用。朋友同事都知道于家宝是个好男孩，性格好，工作不含糊，脸上笑嘻嘻。跟自己妈说，妈妈反而批评她性格太硬，把她教育一通——也是，妈妈也是希望她不要硬碰硬，最好化为绕指柔，免得一个人在外面，被欺负。

许多人面对国际标准摩登舞中的五个种类时，除了探戈，其他一概分不清楚。狐步舞一出来，有人喊"华尔兹"，太露怯。狐步舞什么特点？流动感强，平稳大方。音乐节奏是四拍的，这是最明显的，华尔兹是三拍；再看身形，狐步舞虽然也有起伏，但是平静稳定，华尔兹的起伏则大很多；至于摆荡，狐步舞的摆荡来自于斜侧，华尔兹则是侧身摆荡；二者脚法也不同，狐步舞是半脚掌落地，与地面摩擦着向前推动，华尔兹则不是这样。总的来说，狐步舞的流动感比华尔兹更强，步伐的幅度也更大，更有行云流水的感觉，跳得快了看起来甚至像一对舞者在台上小跑。

如果你能体会到华尔兹优雅高贵的气质，和狐步舞的热情缠绵，那就又进入新的观赏境界了。

袁媛心有郁结，可不敢表露。每月一次的家庭聚餐，"监管人员"总要对着多日不见的儿子左右端详，看是胖了还是瘦了，黑了还是白了，结实了还是虚弱了，仿佛在检验袁媛的工作成果。儿子成了家，感受到了父母操持家庭的辛苦，被母亲这么一牵挂，倒更是觉得母亲不易，母亲伟大。袁媛看着这亲情馥郁的一幕，心底暗自生出凉意，却不知为什么。

袁媛盼着于家宝的爸爸说些什么，但他的心思显然不在家庭琐事上面，眼神都很少在于家宝的妈妈身上停留，言语间也甚少交流。他关注的是国家大事、经济走向、单位人事，家里的事，除了什么时候生孙子，他一概不闻不问。袁媛看着这老一代的婚姻，每多看一桩，就更觉得没劲一些。

一代代地做这么无聊的事情，为什么？自己人生的质量如此不重要吗？

自己也会渐渐和他们一样吗？

会。袁媛已经嗅到了自己身上的妇人味儿，很奇怪，不是臭，就是怪怪的，好像食品过期又混合在一起后略微发酵的味道。对婚姻的憧憬如此快就消失殆尽了，连她自己也觉着惊奇。夜里揽镜自照，发现嘴角已生出了淡淡的刻薄的纹路，眼神也少了清亮，多了怨艾，眼白仿佛都发黄了几分……袁媛心情低落下去，于家宝从后面搂住老婆，一张嘴凑上来，温柔又急切地吻着。

能合乎道德法律地做爱，婚姻还是有意义的。

有人为狐步舞兴奋，说它是摩登舞中意义最为重大的发展成果。它的舞曲是4/4拍，每分钟约30小节，快步与慢步有对比地组合起来，使舞者在舞动的时候感到非常放松，如在音乐间徜徉。狐步舞的魅力还在于，步伐如此简单、基本步看起来并不多的一种舞，却能生出惊人的千变万化的阐释：从旋转步到小跑步，从平滑步到波浪步，从普通的步法到高难度的步法……

你看狐步舞的架型，那肩部好似衣架，头部有如挂钩，重心就是衣架上的大衣了。跳舞时，以腰为界，以上的部分向上延伸，以下的部分下压地板；下半身驱动，上半身拉住。开始跳舞时，立在高位，风度、气质一下子就出来了。

你再看它的走步，头与脚形成一条线，在地板上前进时如丝般滑顺，这来自互为舞伴的二人对于身体接触与身体倾斜角度的共识。后退时保持向前的姿势，每一步都有拖跟，让脚的轨迹不断流动，连绵不绝。

还有旋转，它从身体的接触与倾斜中自然流出，男士左侧要固定，左肩下沉，左侧背脊肌肉收缩，形成身体左轴，在摆荡中引带女士跟转。这种通过自己肌肉的延伸转换重心可不像看上去那么简单。

也许我不适合婚姻，不然这么好的婚姻，我为什么会觉得难受？袁媛看着带着胶皮手套在厨房收拾的"监管人员"，暗自想着。她不好意思闲坐着，只好也在后面东擦擦西摸摸，虽然她原本的安排是出去和朋友喝下午茶。

"监管人员"边辛苦劳作，边给他们传授生活经验，指出他们小日子里的种种不足。于家宝早习惯了妈妈的性格，边看电视，边似听非听地答应着。袁媛自己的妈妈也没有这么近地指导过她，她感到浑身有种说不出的难过。

已婚的女性朋友说过，你结了婚就是抢了别人的儿子——那是人家亲身培育出的前世的小爱人——谁让两个女人都爱这个男人呢？这……这比喻符合伦理吗？袁媛开着玩笑，朋友们都嘻嘻哈哈地笑起来。她原本也是个性格活泼的女孩子呢。

话说回来，她会"抢"于家宝吗？她有那么爱于家宝吗？惭愧，并没有。不然，就放手好了，如果"监管人员"真的有小爱人被抢走的感觉的话……她被自己的想法吓了一跳。

不能怪我，她自我安慰着，实在是不舒服啊。而且，前面还有长长的一生呢。

没想到，于家宝的妈妈比任何人都要伤心。为什么？她通红的双眼逼视着袁嫒，凛凛地闪着锋芒，袁嫒心里打了个寒战。你是不是利用家宝？你是不是？你为什么？

于家宝家里的三个人都仇恨地看着她，她真觉得自己是个罪人了。

袁嫒后退，嚅喏着说不出话。好半天才憋出来一句："婚姻是两个人的事。"于家宝的妈妈已经昏倒了。

于妈妈一病不起。袁嫒没想到会这样，她以为于家宝的妈妈一直不喜欢她，现在她要离开，于妈妈应该欢欣雀跃才对呢。她想不通，自己真是个无能的人啊。

然而，在邻居、同事、朋友那里，袁嫒的名声，却是一下子坏掉了。

老师在台上讲："狐步舞，前进时脚步与地面轻轻地摩擦移动，步幅大，舞步不能间断，要连续流畅。狐步舞，方位多变，连续进退时，上身采用反身动作位置，但反身不能过大，舞伴两人的身体是没有断裂的。狐步舞，起伏的形态成抛物线形，节奏分为快和慢，快占一拍，慢占两拍……"

"狐步舞，"老师很严肃，手指在空中虚点，"是一种舞步非常轻松的舞蹈，看似简单常见，可是很少有人能把握住它。能跳好这种舞的，很少。"

看到了吗？这里是我的灵魂

现代舞

Part 1

一帮朋友平时各忙各的，对Afra却总是放心不下。"一定要教会小宾至少一种表达自我的形式，弹琴、跳舞、书法，武术也行啊！"大米是我们当中结婚生子最早的一位，又是幼儿刊物的编辑，母性十足，对着Afra苦口婆心，"不然你闷着，孩子也闷着，遇到什么事儿孩子再跟你一样不说，会走向极端的！"

希希一边为自己冲咖啡，一边哈哈地笑："得啦，大米，不要吓唬Afra，放松，放松。生活嘛，不就那么一回事儿。"希希家境、外形、教育、工作、品位都不错，是不婚主义者，鄙视大部分异性及同性，对Afra也不大瞧得起，但是和别的朋友一样，她对Afra也不太能放心得下。可能Afra太莽撞了，做事情不加考虑，跌跌撞撞的，只凭着本能在黑暗中大踏步走，也不拿个能照亮的，更不问人。就像一年多以前Afra在一个全国知名大赛中获奖的舞蹈作品《黑夜里滚动》一样，当时评委评价说"有生活""有灵魂"，朋友们一看，就知道那舞蹈跳的就是她自己。

对少言寡语、被动低沉的Afra来说，有舞蹈这么个表达的通道，太重要了。从这个意义上来说，她也是幸运的。

提到现代舞，你都会想起谁？邓肯？金星？云门舞集？会不会想起挣扎的肉体、纯粹情绪化的抒发？会不会觉得捕捉不到现代舞的美感在哪里，甚至，比起芭蕾，比起中国古典舞，它显得有点丑陋？会不会觉得完全看不懂现代舞在跳什么、在表达什么？它的主题为什么时常令人困惑、为什么不像其他舞种那样鲜明？它为什么总像对自己的肉体不满？你看它凹出了各种自我折磨的姿势，看起来像极了对地板不满、对空间不满、对空气不满。

这是一种带有强烈反叛气息的舞蹈，因为它的诞生，本身就是一场舞蹈革命。19世纪末20世纪初，现代舞在美国和德国出现，它否定的对象是当时封闭僵化的古典芭蕾。因为彼时欧洲古典芭蕾单纯追求形式与技巧的倾向越来越严重，内容与题材仍旧停留在神话传说、王子公主的范围内，与现实生活的距离越来越大。在这种危机中，现代舞应运而生。

现代舞自然是要反映现实生活的，它反对古典芭蕾的因循守旧和形式主义倾向，主张摆脱古典芭蕾舞过于僵化的动作程式的束缚，以合乎自然运动法则的舞蹈动作，自由地抒发人的真实情感。

Afra学芭蕾出身，基本功没什么可说的，举手投足都是从严苛的训练中锤炼而来。后来去跳现代舞，朋友们都不理解。只听名字，大家以为是因为这舞蹈流行，Afra是在追寻潮流；后来发现，现代舞流行个鬼啊！严重缺乏群众基础不说，也很难概括其主要特点——这不难了吗？让人想追求进步都没地方找抓手。太抽象了，太形而上了！

那段时间，Afra看起来没有什么特别的。但她身边的朋友可都是人精，觉得看似平静的水面之下一定暗流涌动。果然，两周后，Afra声称，与父亲断绝父女关系。妈妈来找她的每一个朋友，求大家帮着劝劝，"她爸爸就那样，我都忍了一辈子了。那毕竟是她父亲啊。"有个别朋友被"那人就那样"和"毕竟是她父亲"说服，试图去劝和，Afra也不理，该压腿压腿，该下腰下腰，眼神冷漠，似乎瞬间退到千里之外。本是来往密切的朋友，她这副神情，可真叫人受不了。对方只好闭嘴了。

Afra的父亲年轻的时候也曾经意气风发，不然Afra仪态万方的妈妈也不会喜欢他。可惜对男人来说，释放自我比维系情感更重要；权力带来的影响比妻女大得多。他在宦海几十年浮浮沉沉，得意时焦躁傲慢，失意时暴虐无常。Afra越是刻苦懂事，他越是怎么看怎么不顺眼。Afra在家里小心翼翼，关门声音大了、吃饭发出响声、个人物品摆放得不整齐……甚至看电视时发笑，都可能引来劈头盖脸一顿骂或者打，而大部分时候Afra并不知道被骂被打的原因是什么……

战战兢兢度过多年，总算住校了，Afra委实过了一段可以全心全意扑在课业上的日子。忽然有一天，有谣言说有男生和Afra早恋。那时流行叫家长，于是Afra的爸爸妈妈被叫来学校。Afra的爸爸听完就是一耳光，把Afra打呆了，完全不知道辩解和反抗，连哭都不会了。接下来就是"养了个婊子"之类的混账话，最后连老师都看不下去了，劝Afra的爸妈回家。

赚了第一笔钱，Afra就回家搬自己的东西，从此再也不在家里住。这次Afra做出这么令人惊讶的事,是因为Afra的爸爸到处跟人诉苦,说自家女儿多么不孝顺,选了个"戏子"行当,整天只知在外面鬼混,不管亲爹娘,说着说着就开始流眼泪。听者当然是唏嘘一片,并不知道Afra每个月省吃俭用,把一半薪水都寄回了家——她不想欠父母的。Afra听了又气又怒,没跟任何人商量,就单方面发表了解除父女关系的声明。"晚年需要我出钱出力,我当依照法律负起责任。"

Part 2

现代舞史上的优秀舞者,多行惊世骇俗之事,只侍奉舞神以及自己,对事事人人都不肯唯唯诺诺。

双子座的伊莎多拉·邓肯,1878年生于旧金山,成年后研究了好一阵子古希腊艺术。她从古代雕塑、绘画中汲取灵感,追求"可以通过人体动作神圣地表现人类精神"的舞蹈。她认为传统的芭蕾舞的规范违反人身体的自然规律——既要夸张女体的性感曲线,又要在禁欲的气氛中对它施加诸多束缚。但邓肯认为,"所谓女性美,乃由认识自己的身体开始"。邓肯把自由糅合到舞动的身体里去了——那是人体最自然不过的事,而非在男性的凝视中,把性感作为欲望的对象来观赏。

邓肯的爱情和她的舞蹈一样,充满了对个人表达的追求。有人认为她的人生和她的舞蹈同样是21世纪初美国自由主义者的写照。

邓肯曾经和一个匈牙利青年在一起过,那时她熬过了最初的艰难困苦，已经小有名气。邓肯和她的"罗密欧"，少年得志，春风得意，很快就坠入了爱河，很快又结束了。

而后，邓肯认识了英国演员、导演、舞台设计家克雷格，两个人的爱情轰轰烈烈，是一种相似的灵魂的撞击。然而克雷格也是一位杰出的艺术家，并且认为邓肯为了自己，应该放弃她的舞蹈。虽然有了孩子，二人还是分了手。对这一切，邓肯并无抱怨，她原本就是婚姻制度的激烈反对者，也许还是最早的明目张胆的未婚母亲。

邓肯另一个孩子的父亲是一个百万富翁，可以一掷千金在巴黎的市中心为邓肯买下一幢大房子，实现邓肯创办舞蹈学校的梦想。他请求和邓肯结婚，邓肯也想做出一些尝试，但最终还是放弃了。她忍受不了束缚，她想要的，只有艺术和爱情。

邓肯从不缺少爱情，谁不喜欢这个烈焰一样的女人呢？俄国舞蹈家尼金斯基；她自己的琴师和医生；小她十七岁的俄罗斯诗人叶赛宁（这也是她唯一一次婚姻）……没有谁陪她走到生命的终点，到死的那一刻，她依然是一个独立的灵魂。1927年9月14日，邓肯在法国尼斯和朋友聚会后，由于长围巾脱落被汽车轮绞住，导致颈骨骨折身亡……她永远不会像我们这些庸人一样老去，她在和世界还没有彼此厌倦的时候，便挥手作别。

玛莎·葛兰姆是公认的邓肯以后最伟大的现代舞大师，她是美国人，是第一个进入白宫表演的舞蹈家，也是第一位代表美国在全世界巡回演出的舞蹈家。

玛莎于1894年出生，家里有四个姐妹，她是老大。玛莎对自己的外貌总是不满意，她希望有种东西能把她变得美丽和奔放。

1916年，她进入舞蹈学校，这一年她22岁，对学舞蹈的人来说，着实不算早，更别提她的身高也矮了些。可是谁能挡得住天赋这回事呢？两年后她进入百老汇，一夜成名。当时在百老汇演出不能衣着暴露，会有警察来检查女舞者的衣着，但是身为舞者，衣着又不可能非常复杂，许多舞者都很怕这个。可来检查的警察看了她，却说："她不用，她就是艺术。"

1925年，她搬到纽约，租了工作室开展事业。在这之后，德国哲学和后现代画作给了她灵感。第一次看到现代绘画时，她"激动得差点晕过去"。玛莎的经典作品《街之舞》，就是从毕加索、卓别林等人那里汲取灵感的。

她的一生中，有两位男性非常重要。玛莎的第一任丈夫路易斯一直都在为她作曲，并一直给她灵感，给她各种支持。玛莎自己也承认，"路易斯把我看得太透了"。可惜，1938年，她遇见了生命里另一个重要的男人——艾瑞克·霍金斯。玛莎54岁那年，和39岁的艾瑞克结婚了。她的作品总是在表现个人的需要，惯于揭露自己的内心世界，这之后她代表性的舞蹈作品《进入迷宫的使命》即表现出这段时光。但是到了最后，他们还是分开了。分开之后，艾瑞克对媒体说道："我与玛莎在一起12年，那是十分美好的时光，我想我应该爱她。"实在不懂，既然如此，为什么还要分开？也许对伟大的艺术家来说，自己的感受高于一切，随心所欲的生活更是重要无匹。我们没有这样的勇气和能力，只好在艺术作品里弥补这些。

直到八九十岁，玛莎仍然不时出现在舞台上。回顾自己的一生时，她提到了父亲。玛莎的父亲是位精神科医生，这位医生认为，"人的动作从不说谎"。他给了玛莎第一个关于舞蹈的启示："你的行为和动作总能代表你的想法。"

皮娜·鲍什是德国人，她的长相和多年来人们对德国人的印象差不多。这个女人不符合我们对女性传统的要求，她没有令人惊艳的脸蛋，没有丰满的胸部，她打破了这些无意义的性别符号，打破了美的常规，用生活压倒了美。她以舞蹈邀请你和她一起剥生活的洋葱，一起泪流满面。

皮娜·鲍什出生于德国西部城市佐林根，那是一座著名的"不锈钢之城"，双立人刀具就产自这里，而它的另一个代表就是皮娜·鲍什，她的舞蹈作品也锐利得像刀锋。20世纪改变全球舞蹈界风尚的大师屈指可数，皮娜·鲍什是其中的一位。她的舞蹈不是在讲故事，而是在讲舞台上的直接经验。

她说："我跳舞，因为我悲伤。"她的演员表演时穿的表演服，和我们日常生活里的衣服差不多，这样一来，舞蹈与生活的界线有时变得模糊。她的作品以悲伤融合幽默而知名。2007年的威尼斯艺术双年展，皮娜·鲍什获得了现代舞的终身成就奖。

皮娜的作品既具有哲学性也具有社会性，在创作和排练中，皮娜会像苏格拉底那样向舞蹈演员们一次次发问：什么是冷漠？怎样是亲密？如果你的渴望得不到回应，你会怎么办？如果你表现的是禁欲，那么纵欲又是什么样的？皮娜·鲍什拒绝平庸的回答，她追求的是"为何而动"，而不是怎么动。她说："我们在动机中寻找动作的源头。"她希望舞者用自己的身体来回答这些问题，身体的任何部分都可以用来诠释生命。

太可惜的是，她68岁就去世了。也许是平时抽烟抽得太凶了吧。皮娜的传记的副标题为《为对抗恐惧而舞蹈》，当中的"恐惧"，原文还有"焦虑"之义。是的，这也是太多人喜欢舞蹈的原因。

Part 3

Afra在希伯来语里是尘土的意思，我们觉得她是在自谦，她却摇头说"世人皆是如此"。一边说着，一边娴熟地给小宾穿上罩衣。她已经很适应自己的角色了。小宾拥有一双黑漆漆的眼睛，好奇地看向别人时，看起来和Spencer一模一样。他们同样有着柔软的略微发黄的头发，微微下垂的眼角和翘起的鼻头，让大家觉得这会是个聪明的孩子。

Spencer也是个聪明的孩子——说他是孩子，不仅仅因为他比Afra及周围的朋友的年龄都小，也因为他眼睛里散发出的少有的专心和纯真的光芒。而其他人，在尚未步入成年时，就已经准备好了对这个世界三心二意，同时想要好多东西，可是又不知道或者不愿意先为哪一桩花费精力和心思。

Spencer有着清瘦的脸庞和清瘦的手指，喜欢穿窄西装搭配帆布鞋，整洁地系一条细领带，漆黑的眸子里散发出火焰一样灵动的光芒。他总是在写写画画，能在二十分钟内读完300页繁杂的资料，见人一面就能精准地勾勒出那人的形象。Afra一支舞跳下来，他已经描摹了几幅舞动的瞬间，都是经典的定格。Afra说他是天才。

朋友们都喜欢Spencer，他热情、心肠好又聪明，从来不说多余的话。他的喜好和厌恶都非常明显，所以当朋友们半开玩笑半认真地说要给他介绍女朋友的时候，却发现，他喜欢的是Afra。好消息是，Afra也喜欢他。

在惊诧之余，朋友们也都接受了这一事实，只有个别人不免有隐隐的醋意。大米——就是那位母性十足的幼儿刊物编辑，对Afra和Spencer能否互相照顾充满了担忧；希希则没心没肺地打了个响指，点评说"天生一对，乐见其成"。

现代舞的出现最开始是因为要反对古典芭蕾对人的肢体和精神的束缚，然而不可否认，它也正是脱胎于芭蕾舞。正如一代又一代的人类的进步来自对上一辈的反叛，同时也植根于上一辈。

现代舞要求舞者以个性化的眼光观察事物并做抽象的自由表现，相对于其他舞蹈形式，它更注重于艺术家内心的感觉。所以，不用想能不能看懂一支现代舞，只要去体会舞蹈给你带来的感受就够了。这对现代舞的舞者也提出了要求，要做真正的现代舞的舞蹈家，首先要有思想，然后才可能创造出为自己服务的肢体技术。所以，在西方，受过良好教育的、有思想的舞者是从事现代舞的最佳人选。

对于中国观众来说，1936年舞蹈家吴晓邦先生把现代舞从日本带到中国,并称之为"新舞蹈",这是中国现代舞最早的引进和起源。截至今日,中国已经培养出了足以和国际一流舞蹈家媲美的舞者,在各类舞蹈比赛中都很活跃。感谢选秀节目的兴盛,是它们让普通观众也可以坐在家里的电视机前,在各类舞蹈比赛中看见精彩的现代舞表演。

Afra需要爱人能够触动自己的灵魂,她也能自如地在对方面前袒露自己的灵魂。Spencer是个恰当的人选。希希却笑说Afra和她喜欢的现代舞一样,看上去总是在强调灵魂,强调心灵,可是依然鄙弃低级的皮囊。"低级的皮囊如何能滋养出高级的灵魂来?"Afra反问。有道理,希希笑着,看着远处在认真翻书的Spencer。他鼻梁挺直,睫毛上翘,眼神认真纯洁,整个人被落日的光芒勾勒出一道漂亮的侧影。这个Spencer,的确能修身养性,希希这种独身主义者也不禁暗自佩服Afra的眼光了。

Part 4

Afra宣布和父亲脱离关系,正是在这次重要的舞蹈比赛前夕,朋友们担心她情绪受到影响,因为她更加专注地投入到排练之中,折磨起自己的身体来毫不留情。她甚至一度想要靠酒精来缓解压力,因为和每一个追求进步的舞者一样,她遇到了创作的瓶颈,只可惜朋友们除了安慰,并不能提供有效的意见。

还好有Spencer在。他邀请Afra陪他钓鱼,在等待的过程中跟Afra聊起了叔本华、后现代主义和工业朋克。Spencer如此忠于史实又如此耐心，能看得出他自己也乐在其中。鱼自然一条也没有钓到，但他们依然很开心。

而后他邀请Afra走进商场，在不同的镜子前看自己，看自己的表情，以及走动时肌肉是如何运动的。他建议Afra不要一味想着如何与外部世界沟通，不要只盲目展现自我，渴望世界理解自己，而是先观察自己，辨认自己。

很快地，朋友们看到Afra的眼睛在闪闪发亮——那是豁然开朗的光。而后《黑夜里滚动》诞生了，并且毫无悬念地拔得头筹。庆功宴上朋友们纷纷和Spencer碰杯，Afra靠在Spencer肩头，笑得一片灿烂——那笑容，在Spencer出现之前从未有过。他真的是Afra的真命天子。大米再也不担心他们二人无法互相照顾了。

和所有的悲剧故事一样，转折总出现在大家最开心的时候。得知Spencer罹患重病是在两个月之后。听到医生宣布诊断结果时，朋友们亲眼看着Afra的眼睛在一秒钟之内漆黑一片，几乎要怀疑她失明了，她却又瞬间缓过来，嘴角一翘，反过来安慰她们："这就是生活。这就是我的生活。"那笑容让看到的人恐惧而又心酸，忍不住担心她会精神崩溃。然而第二天，她早早起床，陪Spencer就医、锻炼，研究制订Spencer的生活时间表，帮Spencer在网上买书……看上去已经做了某种决定。

Spencer去世前，Afra微笑着，紧紧握着他的手，放到自己的小腹上。Spencer多么聪明，他的眼睛一亮，接着充满焦虑，他开口要说些什么——然而，他已经没有机会说了。

Afra有了身孕，显然，那是一个小Spencer。大米她们充满忧虑，忍了又忍，还是告诉Afra，如果要这个孩子，之后的日子会有多难。连希希这种天塌下来当被子盖的人也收敛了笑容，摆事实讲道理。可Afra根本不为所动——如果她会犹豫，当初也不会做这个决定了。朋友们该说的都说了，最后也只有一声叹息，鸣金收兵。显然，这也在她的计划之内。

Afra的爸爸知道了，捶胸顿足，痛斥自己的女儿多么不检点，辱没家风，丢尽了他这个父亲的脸，他简直想带着这个女儿一起去死，以谢世人。Afra听到这一切，连冷笑也没有给一个，只是打电话给妈妈，说怕是很长一段时间内都没办法寄家用回去了。妈妈哽咽着，什么话也说不出来，唯有托Afra的朋友给她带些营养品。

即使在孕期，Afra也没有停止舞蹈训练——只是强度有所调整。朋友们都担心，她却说她对自己的身体有判断，这判断是Spencer教会她的。谢天谢地，小宾健康降生了。那一刻，大米看见Afra抚摸着脖子上的项链——那是Spencer送她的，喃喃说了句什么。

有研究者为现代舞下定义，说它最鲜明的特点，是反映了社会矛盾和人们的心理特征。如何学好现代舞？美国现代主义舞蹈家海伦·汤米尼斯说："（现代舞）不存在普遍的规律，每一个艺术家都在创造自己的法典。"

它在每个人心底，也贯穿在每个人的生命中。

神的孩子才跳舞

印度舞

印度舞

宝莱坞电影多少都有歌舞场景,印度味儿浓厚的妆容和音乐,配上神秘的舞蹈动作,你说不清那舞蹈究竟是恣意活泼还是含蓄虔诚——或许两者都有,这样才是印度舞该有的味道。

若追溯起来,大部分历史悠久的舞蹈都与对自然和神的崇拜有千丝万缕的关系,印度舞更是如此。

在印度舞中,大家可以经常见到一个单腿独立、双手侧和的舞姿,据说这就是在模仿湿婆神。湿婆(Shiva)、梵天(Brahma)和毗湿奴(Vishnu)为印度教三大主神,湿婆是毁灭之神,兼具生殖与毁灭、创造与破坏双重性格。湿婆神在印度舞蹈的历史当中有着至高无上的地位,人们普遍认为,湿婆神就是舞蹈的化身,印度舞就是由湿婆创造的。

湿婆掌握着世界的轮回,他的舞蹈既预示着灭亡也孕育着重生。

大安在遇到乌曼之前,从不相信这个世界上有神存在。彼时他想来一场说走就走的旅行,以逃避令人灰心丧气的人生。如每一个对人群失望的个体一样,他开始向往神秘之地,他渴盼有橙色的、柔软温暖的光芒能覆盖他的眼帘,最好能令他充满因无知而产生的膜拜,他希望能有那么一刻可以将自己全身心地献出，全由命运做主——疲惫至极的人们总是渴望有机会不必再为自己的人生负责。

他徒步西行200公里，精疲力竭地倒在一枚硕大的落日下，口干舌燥的他居然莫名其妙想起一个故事：一个工作狂人在连续多日的高强度工作之后猝死，医生检查后发现他是渴死的，因为完全没有时间喝水……大安看见自己的睫毛在垂下来，最后的映像是乌曼蹲在自己身前，手持一个锡做的器具对着自己的嘴，那器具里缓缓流出水来——渴极了的时候会发现水是甜的。

他以为那是幻象。身体的极度疲劳和甘泉浸透干裂的嘴唇产生的碰撞，激起了他的一种欢愉感，这种欢愉感具象为音乐，西塔尔琴声仿佛弹奏在他的肋骨上，那是印度才有的音乐，充满了遥远的神的召唤，在他耳边缭绕，然后他就彻底、放心、快乐地晕了过去。

有一件很有趣的事情，就是很多人会把印度舞和肚皮舞混为一谈。印度舞起源于古印度，肚皮舞起源于古埃及，也许在西方人看来，他们同属于东方舞蹈吧。事实上，印度舞属于印度舞蹈文化圈（包括印度、孟加拉、斯里兰卡、尼泊尔、不丹等地），肚皮舞则属于阿拉伯舞蹈文化圈（包括伊朗、土耳其、巴勒斯坦、约旦、沙特阿拉伯、埃及、阿尔及利亚等地）——完全是不同的圈子。

或许在不懂行的人眼里，印度舞和肚皮舞实在区别不大，胯、臀部的动作同样很多；肚皮舞娘的"bedlah"（肚皮舞长裙）与宝石文胸，和宝莱坞女星内着露脐小上衣外裹纱丽长裙的装扮，看起来很相似；而印度舞的音乐和肚皮舞的音乐，乍一听也没什么区别。也许正因为此，后来才又产生了印度风味的肚皮舞。但是，那和我们所说的印度舞仍然是两种截然不同的舞蹈。

大安坠入梦里，他任自己不管不顾地睡去。梦里是音乐、华丽的舞衣、辉煌绮丽的色彩、琳琅闪烁的器具，却不令人耽于奢靡享乐，而是想诚心诚意地拜服下去。

再次醒来时他如同已被醍醐灌顶，目光里是透亮的笑容。他看着乌曼，好像两人早已认识。乌曼也不惧怕他。大安从未见过这样黑白分明的眼睛，像最深的夜搭配着清晨的曙光。大安本能地觉得她与他并不是来自同一个地方，然而他也不觉得他们之间需要语言。

之前的几十年，大安从未离开父母一步。那是令周围人都羡慕的相处，他自己却越来越焦躁。依照着怕是在他出生之日就预设好的安排，他需要做的事情很多很多，如同设定好的程序一样镶嵌在他人生的路上，他只需要前行并激活那些程序，完成上一辈人既定的目标就算功德圆满。真是毫无破绽的人生啊！

他却因此抑郁起来。"抑郁"这种病症不足与外人道，因为别人非但不明白，反而会不快。因为别人只会觉得大安是一时"心情不好"，而这种心情不好是毫无道理的——他凭什么？

于是大安开始了自救活动，他长时间地运动，以求多分泌些多巴胺以缓解自己的心情。他翻遍了哲学书，希望前人已经解决了他的苦痛。可惜该明白的他都明白了，该抑郁的却仍然抑郁着。

他想逃离某一个现实，想进入某一个虚幻之中，甚至有那么一瞬间，他想到大麻也许会有这种作用……然而他终究还是没有尝试。毕竟该明白的他都明白，于是该抑郁的就依然抑郁着。

印度古老的诗歌集——公元前1500年的《梨俱吠陀》中记载："男子戴金首饰，通过舞蹈表演有关战争的场面。"印度史诗《罗摩衍那》中也写道："在阿逾陀日夜举行舞会和音乐会，供国王享乐……一位舞者的优美的舞姿使罗婆那为之陶醉。"足见印度舞的历史多么久远。

大安想，能拯救他，或者能击溃他心中一堆雾霾的，一定会是理解他的根源、也理解他的现在的某种事物。

在遇见乌曼之前，他遇见过许许多多的女人。在不懂事的青少年时代，甚至更小一些，在同龄人还在对大胸和翘臀流口水的时候，他就已经厌倦了这种肤浅的事情。他遇见过声音甜美、口吐莲花、舌战群儒的女人，他不知道除了通过肉体的深入和语言的交流，还有哪些理解对方的方式。哪怕是"大安，我需要一辆车"，也让他感慨语言带来的便利。更不用提各种通信和社交工具了。只有在幻想中，只有在书里，才会有"心有灵犀"的存在吧。

大家都不会相信，他竟如此渴望有位女性能将自己禁锢。他小小年纪就已经体会到充足的自由带来的不便……用某种令自己舒适的、心甘情愿跳进去的、如月光如太阳一样柔而强大的东西，将自己禁锢，为自己创建一种情感的轨道，他一看便知哪里是自己的前方……这才是他想要的。

他尝试过性格爽利的女性，御姐型的女性，嘴巴如刀片的女性，脾气暴躁的女性……然而都不是，不是他想要的感觉。

他偷偷加入了一个SM论坛，在交流了不到半小时之后就逃之夭夭——那种禁锢和他想要的全然不同，尽管对方对他很有兴趣，觉得他有房有车，很方便，且有充足的财力购置必需品。

对印度人来说，舞蹈不仅是艺术，更有宗教的含义，毕竟，印度舞就源于对神无比虔诚、纯净无私的爱。

印度舞的手势神秘而千变万化，十指间掩藏着对神的倾诉，再加上眼神和面部表情，足以表达人的七情六欲、天地山水、宇宙四合。一些印度舞甚至只在庙里表演给神看。

女舞者穿着华丽的舞服，围着长长的围巾，额头上装饰着镶满了珠宝的饰品，眉心贴小钻或者点红点，手腕上戴着许多手镯，在层出不穷的舞蹈手势中起点缀作用。印度舞里的跺脚动作也很多，要有脆响的声音，又要有急促的节奏，所以会佩戴脚镯和脚铃。印度舞的舞者多在舞动的过程中全程保持微笑，以显示平和的心境，而舞蹈时灵活转动的眼睛则是一支舞的精髓所在。

印度舞有不少跳跃的动作，这是在模仿印度神鸟。跳跃时她们的眼睛会盯着手，这样显得特别好看。印度舞的舞者常常处于半蹲姿势，肩膀端平，背部直立。——远没有肚皮舞那样的风情、魅惑和奔放。

　　起舞前，舞者的双腿保持弯曲，收合起来，行开启礼。然后手伸展开，脚向前跨一步，随着音乐开始变换手势。

　　乌曼更像神灵的女儿，在日落处迎接大安倒下的身体。她懂得一切，不需要多余的言语。邻居说乌曼是一个美丽而可怜的女孩，因为她从出生就不会说话。大安觉得她是不屑于说话。和大安在一起，她也不需要说话——那是俗世红尘的庸妇才需要做的事情。

　　乌曼家里供奉神灵。等大安身体恢复，她带领大安跪拜，然后在神灵前跳起舞来。她灵动又专注的眼神、她千变万化的手势、她平和如水的微笑，都让大安觉得，这个女人就是他层层荫翳之后的光芒。他觉得自己如此幸运，的确如身边人所说——他没有抑郁的资格。

　　像是神灵早已安排好了的，像是前生已经约定了的，他们就在此时此地见面——无须刻意地等待。

　　东方升起日头，神秘空灵又令人放松信赖的音乐飘起来。乌曼和大安的每一次对视，就像是又肯定了一次他们的相遇。这才是爱情。被神眷顾的孩子才有这样幸运的爱情。

一辈子有多快

从迪斯科到广场舞

一辈子有多快

从迪斯科到广场舞

戚蓉认为：人人都有跳舞的本能，可惜没什么机会跳。歌舞不分家，只许KTV那么招摇，开得到处都是，就不许人家老太太老头子跳广场舞吗？忘了自己当年在迪厅跳迪斯科的德行了吧。

说话间我们走到了水游城，在水游城和水立方之间的一大片空地上，一群老太太在跳《坐上火车去拉萨》。这里本是石头城的繁华所在，旁边有晚饭后来消食的人背着手、啃着冰淇淋围观，三个学龄的小妹妹和一个刚会走路的小男孩站在队伍最前面，与老太太们相对而望，并和她们一起跳。其中一个小胖妹妹跳得最好，节奏明快，动作流畅，脸上挂着严肃认真地聆听音乐的表情，其他几个小朋友明显没她动作做得到位，看得老太太们笑开了怀。戚蓉边笑边说："看到没？胖子普遍表现力强。"

戚蓉当年也是为了减肥才跳舞，她求的是迅速瘦下来，那个年代健身房还不多，也不流行跑步，戚蓉就每天晚上去迪厅猛晃自己的身体。迪厅里的人不追求舞蹈的美感，除了凸显自己的节奏感和体力，顶多就是显摆腰部的柔韧和臀部的紧致了。加之灯光闪烁，没有人会产生"这也算舞蹈吗"的疑问。

那时，万物复苏，摇滚乐和后现代文学一起席卷了中国大地，《追忆似水年华》成为畅销书，见面聊不了波德莱尔就会觉得丢人。

人们的情绪需要一个场地来宣泄,他们需要一种背景来摇曳自己的身体。

正统舞蹈要掌握技巧并不容易,但是迪斯科却是一个人人适用的舞种。它的舞曲听起来强劲有力,4/4拍的节奏把握起来非常简单。它的曲调短小,歌词简单,不断重复,且每一拍都是强拍,从头到尾几乎都不变。这些特点都让它更容易普及。

不知道有多少人还记得当年流行的"荷东的士高",其实也就是"Hollywood East",是香港一家迪斯科舞厅的名称。这家迪斯科舞厅的DJ们将欧美的流行舞曲重新混音后播放,没想到反响出奇的好。从20世纪80年代末开始,香港FACE(飞时)唱片公司授权中国唱片总公司广州分公司发行一系列的"荷东"舞曲,这是中国音像出版史上第一次与世界流行乐坛的同步接轨,使广大歌迷接触到了西方优秀的电子舞曲、混音所制造的奇异音效,此后迪斯科迅速成为流行时尚,在内地各大迪厅都能听到。

戚蓉并不是迪厅里跳得最好的一个,那时候迪厅的皇后是周小娅。周小娅长着一双狭长水灵的狐狸眼,眼梢飞向双鬓,又白又嫩的皮肤,一只琼鼻骄傲地长在鸭蛋脸正中,两腮经常被几缕蓬松的头发缭绕。没有几个男人敢跟她对视,主要是怕心跳声音太大,影响颜面。

周小娅老是拉着戚蓉一起进出,那时候除了戚蓉,也没人愿意跟她做姐妹——她太漂亮了。那年头女孩子傻,总暗地里把漂亮的同性当作敌人——怀着自卑又嫉妒的心情。戚蓉毫不在乎这个，她们可以说她大大咧咧，也可以说她内心强大。

当然，也因为周小娅欣赏的男人，和戚蓉欣赏的不是一个类型。

戚蓉当时和某中学语文老师互相秋波暗送，周小娅则喜欢大哥型的男人——有钱、有范儿、有社会地位、有被保护的感觉。俩人不但没有冲突，还能互相探讨交流。

周小娅很快就找到了一个大哥，经常坐在大哥的摩托车后座上呼啸而过，中学语文老师骑着自行车在路上看见了，摇摇头，再见到戚蓉，露出了倍加珍惜的神情："女人最重要的是内涵，年华易老，德容常驻。"戚蓉不是很喜欢语文老师酸溜溜的样子，但是那个年代，文学青年正在盛行，碍于社会舆论，她对语文老师的调调也不进行抨击。

周小娅很快又坐进了小轿车——那个年头，有车坐！这不是市委书记才享受的待遇吗？

然而没过几天，周小娅又开始每天泡在迪厅了。"分手了，他这人外面看还行，其实特没劲。"周小娅把乌黑的长发甩到一侧肩膀上，周围的男人都看呆了。

"disco"这个词，其实是"discotheque"的简称，原意是指"供人跳舞的舞厅"。迪斯科的出现标志着以舞曲为基础的早期流行音乐的开始。在那些"供人跳舞的舞厅"里，DJ们专门挑选节奏强烈、重型风格的funk（骤停打击乐）唱片来播放。很快，一直以强烈拍子为标志的迪斯科在流行音乐中占据了优势,接下来,许多乐队都融合了迪斯科的成分,从摇滚乐队滚石乐队、摇滚歌手洛·史都华,到流行组合比吉斯、新浪潮乐队如Blondie,无不如此。

时过境迁,迪斯科在20世纪70年代到80年代逐渐失去了动力,但是它并没有消亡——它变异成了多种以舞曲为基础的流派。

进入中国的迪斯科,也是遇上了天时地利,它为向来尊崇含蓄、文雅、礼仪、庄重的国人带来了令人耳目一新的选择。跳迪斯科时,人仿佛有了一个正大光明的理由,可以忘掉自己的一切,可以抛开生活中不得不遵从的种种条例和规范,可以有机会放纵自己的身体。迪斯科没有规定的动作,是即兴式的舞动——反正它也没有强拍弱拍之分,没有起承转合,随时进入音乐即可。而且,它对人们舞动的方式也没有要求,即使跟不上拍子,也会被人看作另一种幽默和恣意。

周小娅在音乐声中自由地扭动着身体的各个部位,静下来时,谁也不能像她那样如雾一般轻;动起来时,谁也无法像她那样奔放有力,就像一头林间的野鹿。她总能创造出各种花样,淋漓尽致地释放身体里的能量。

旁人看她分个手跟换枚发卡一样轻松,也不知道她心底有没有纠结和不舍。

戚蓉和语文老师有一次去吃西餐,居然遇见了周小娅,就喊她一起。周小娅大大方方,也不介意语文老师不待见自己,和戚蓉照样有说有笑,洁白的牙齿狠狠撕咬起肉来,像一只小野兽。语文老师斜觑着她，自己的东西都忘了吃。

戚蓉买到一条便宜又好看的新裙子，一下班就去找语文老师。正待敲门时听见语文老师在里面一声压抑的呼喊："周小娅！"戚蓉吓了一跳，心想这不至于吧，周小娅挑选男人的口味和自己不同呀。下手敲门，门被慌张地打开了，语文老师住的是单身宿舍，就是一个大单间，一眼看遍。屋里并无其他人，语文老师的大格子短裤松松地系在大T恤外面，也没系正，歪歪扭扭的。他也不抬眼看戚蓉，脸上半是尴尬半是急恼："你来怎么不说一声？"戚蓉在心里一声冷笑，默默地与语文老师划开了距离。

一个周小娅，断开了两对恋情，就是这么简单。

20世纪70年代的电影中大量使用了迪斯科舞曲，足见迪斯科的影响力。当然电影中乐曲的使用也让迪斯科音乐得到了更好的普及。

就像今时今日，从社交网络到电视娱乐节目，对广场舞进行各种揶揄时，也让广场舞得到了更广泛的传播——说实在的，退休的阿姨，期待美、期待健康、期待难度不大的动作、期待集体归属感、期待能实现表演欲，能满足这些的，舍广场舞其谁呢？广场舞的音乐之所以被称为"神曲"，也因为它们朗朗上口，节奏明快简单，很容易就会占据脑海吧。

广场舞是哪一年兴起的？2004年？2005年？不记得了。只觉得忽如一夜春风来，祖国大地都覆盖。先是城市，大小公园、广场，都随处可见跳广场舞的；后是农村，平均年龄更小些，舞姿更妖娆——这一现象颇值得研究。

戚蓉现在是个清癯精神的小老太太，女儿留学美国，毕业后就留在那里工作了。老伴儿身体健康，爱钓鱼、下棋、打太极拳。戚蓉自己不爱那些静得出奇的，觉得广场舞不错，就加入了，随后迅速成为骨干，遇上比赛，还让她领舞。戚蓉觉得，生活总体上还是不错的。

跳广场舞的，男少女多，偶尔有男士加入，甭管跳得多差劲，都被女舞伴们呵护着。可惜加入的女士总是源源不断，男士却太少。新来的一位于大姐——人叫她大姐，面相却不显老，身段苗条，舞姿优美，倒是吸引了好几位老爷子围在她身边，跟着跳起了广场舞。

戚蓉怎么看她，怎么觉得有几分像当年的周小娅。当然知道不是，周小娅前几年就已经去世了。瞧瞧，戚蓉的朋友们哪、同年代的人哪，已经陆续有人走了。一辈子是有多快。

于大姐据说是丧偶，两个儿子都在本市生活，她却一个人住，图个清静。

对舞蹈行当的人来说，广场舞的技术含量实在是太低了。只要节奏不乱，四肢能动，基本上都能驾驭。要翻出花样来，无非就是装扮和道具。戚蓉觉得，和当年她们去迪斯科舞厅，把衬衫最下面两粒扣子解开再把下摆系起来有几分相似。

那位于大姐就很会穿衣服。一般是纯棉的中长袖，搭配黑色弹力裤，关键是她腿长个儿高，也不胖，衣服穿在身上就显得好看。一头短发，不烫不染，剪得洋气干练，跟外国中年妇女似的。据说已经有老爷子在打听她了，惹得其他几位舞友颇不高兴，"是来跳舞呢还是来找老伴儿呢？"

还真有一位儒雅清瘦的老爷子对她锲而不舍。老爷子也不跳舞，是在附近慢跑的，来了也不说话，就远远地站着看，可是大家都知道他是为了于大姐。

于大姐却毫无反应。戚蓉有一次和她站得近，问她想不想找个后老伴儿。于大姐坚定地摇头："不想。我的孩子都生了孩子了，没几年舒服日子过了，我可不想再伺候人了。"戚蓉一乐，想起了自己家的老头子，感觉好像是那么回事儿。女人这辈子，说亏得慌也亏得慌，到她这把岁数的女人，终于把要干的事儿干完了，再重新给自己找事儿，是有点想不开。

那就跳跳广场舞，给自己做做好吃的，周末和孩子视频聊聊天，挺好的。戚蓉回想自己这一辈子，过得还行，没有大的遗憾和后悔，迪斯科和广场舞，总的来说都赶上了，人生在世不就图这个吗？

你好，
我亲爱的独居时光

著　　者：龙颜
开　　本：32开
定　　价：35.00元
出版日期：2016.6
出 版 社：北京联合出版公司
ISBN 978-7-5502-7675-8

独居女性必备的生活小指南+心灵成长书！

只要用心打造你的专属时光，一个人也能把日子过成诗。

　　两个人时悦他，一个人时悦己。谁说一个人就不能有精致的生活？谁说一个人就没有更高的追求？一个人的时候不需要取悦，不需要迎合，为自己而活，一样可以过得很精彩。一个人不要怕！慢慢来，把每一天过成自己喜欢的样子。

著　　者：巨英
开　　本：32 开
定　　价：32.00 元
出版日期：2016.7
出 版 社：北京燕山出版社
ISBN 978-7-5402-4138-4

我为什么至今一个人
都市独身男女的真情告白

倾听寂寞都市背后的欲望和伤口

43 位独身男女真实口述，情感杂志资深主编温柔记录。

　　他们每个人都有自己的理由：失去挚爱、追求自由、完美主义、被爱伤害、贫穷、疾病、可怕的经历、难以启齿的隐私……或许，他们不是不爱，而是太爱。

著　　者：辰瑞
开　　本：16 开
定　　价：29.80 元
出版日期：2015.04
出 版 社：煤炭工业出版社
ISBN 978-7-5020-4824-2

做气质里有花香的女人

为每一个普通平凡的女孩量身打造的气质修炼之作！让你快速找到属于自己的优秀特质

有气质的女人像花儿，花有千种，闻香可识。

有气质的女人更有男人缘，更易获得认同！

她们有的圣洁高贵，如茶花；有的娴静羞涩，如紫薇；有的独立自由，如君子兰；有的低调浪漫，如薰衣草；有的清纯高雅，如百合花……

那么，哪一种花代表了你的气质呢？